Kyklop Parlamentet

Flemming Thejlmann Bruun

Kyklop Parlamentet

Skovmedia.dk

Kyklop Parlamentet

1. udgave
Udgivelsesår 2014

ISBN: 978-87-997503-0-6

Forfatter: Flemming Tejlmann Bruun
Produceret af Skovmedia
Forlagsredaktion: Knud W. Skov
Omslag: Poul Erik Larsen
Illustration: Flemming Tejlmann Bruun

Skovmedia
Blomstertoften 99
7400 Herning
+45 4233 8570
www.skovmedia.dk

Bogen kan bestilles via:
www.bod.dk/bod-shop-dk.html

Indhold

Forord

Følgende historie er foregået ét sted.

I hovedet på forfatteren.

Så kunne man jo tænke; "nå, så sker der da ikke så meget".

Skulle det mod forventning alligevel støde ind i ligheder med den virkelighed som af og til kan være så vanskelig at favne, så; undskyld.
Historien er ren fantasi, og så alligevel. Personerne har undervejs nærmet sig at blive ganske levende for den indre billedskærm, som om, deres historie bare måtte fortælles. Håbet er, at de også må blive levende for læseren, og at et lille smil og eftertænksomhed må brede sig over læben. Man skal dog væbne sig med lidt tålmodighed.

Man kan nøjes med at læse "Borgmesteren" først og fortsætte fremad i kapitlerne. Man kan springe prologen over (og gå glip af noget). Man kan også nøjes med at læse prologen og hoppe til epilogen og droppe alt ind i mellem, som om man siger, at jeg hopper mellemregningerne over. Så bliver det en tredje fortælling.

Jeg vil foreslå, at du læser som en bog skal læses. Fra begyndelsen af.

Hvis du så har den tålmodighed, der skal til, så ender det forhåbentlig med en form for svar, måske endda oplevelse, i en verden med mange spørgsmål. I modsat fald, kan jeg desværre ikke give pengene tilbage.

Vel, god læselyst og tak til dem, der gjorde det muligt, at skrive og udgive min første bog. De får forøvrigt også deres procenter, så takken går nok begge veje, især, hvis der bliver solgt mange.

Mest tak til min dejlige kone og børn, som jeg dedikerer denne bog til.

Prolog: Kyklopens verden ...

Den græske mytologi fortæller om kyklopen.

En kæmpe med en enorm styrke, som den brugte til at bygge med. Når den skulle bruge byggesten, bankede den blot sine bare næver ind bjergsiden, hvorefter klippestykkerne raslede ned. Så udvalgte den de største sten den havde brug for, og begyndte at bygge. En efter en gik det fremad. Og opad. For man bygger jo ikke nedad. Mure var ubetinget dens specialitet og opsætningen fulgte altid et mønster, hvor den ene kyklop skulle overgå den anden.

Kykloperne blev ikke for ingenting regnet for passionerede og målrettede murbyggere. Det siger sig selv, uden overdrivelse, at murene blev høje som små skyskrabere, og de fandtes overalt, også der, hvor man ikke behøvede mure. Så langt øjet, eller om man vil øjnene, kunne skue, var der opført kæmpemure af kæmpeklippestykker, det ene bygningsværk større og mere voluminiøst end det andet.

Af og til fornøjede kykloperne sig med, i ly af mørket, at vælte en anden kyklops mur. Og det skete som regel under et særegent hylende grynt, der godt kunne tolkes som et grin. Den forurettede kyklop blev som regel rasende, og så kunne de forurettende kyklopper – med deres ene øje – blive vidne til et sandt ganske usammenligneligt orgie i vildskab. I ren og skær arrigskab blev omkringstående træer sparket til pindebrænde. Så faldt æblerne af, hvis det var et æbletræ, og kyklopen fik ømme tæer. Ikke sjældent ventede den forurettede kyklop så på, at gerningskyklopens næste mur var blevet større end sin egen – og historien kunne gentage sig med navn af *gengæld*. Og sådan gik det slag i slag. Og der lå rigelige mængder væltede mure rundtomkring. Mindst ligeså mange som der var opført. Og det var ikke få. Nogle kom til at tænke på Sisyfos, og sammenligningen er da heller ikke helt forkert. Men kykloperne kunne et eller andet sted alligevel lide denne form for dyst, og det var vel det vigtigste. Der er jo mange former for tidsfordriv. Og så skete der da noget. Bygge op, rive ned. Bygge op....

Skæbnen, et andet ord findes desværre ikke i de græske oldarkiver, ville det sådan, at guderne elskede deres kykloper. Guderne sørgede for, at jorden altid blev holdt frodig og frugtbar. Så gjorde det jo alt andet lige heller ikke noget, at sparke til et træ i ny og næ. Nej, kykloperne var grundlæggende privilegerede.

Selvom de måske ikke var et syn for guder, så var de rent faktisk efterkommere af disse. Underordnede efterkommere, forstås. En af disse var Polyfemos – en gigant blandt giganter, og modsat sine proportioner – en fårehyrde blandt almindelige får. Og i tillæg en menneskeæder. Polyfemos var søn af havguden Poseidon, og var den allerstærkeste kyklop, der nogensinde havde levet. Hvis man skal forstå det, er det noget i stil med; "min far er stærkere end din far!", og når det er sagt, så er det rigtigt. I konkurrencer med de andre kykloper havde den vundet hver gang. Og hver gang var *hver* gang. Den var en kyklop helt udenfor kategori. Når de skulle nedbryde et bjerg var Polyfemos den første der havde nedbrudt det. Når de skulle løbe hurtigst, var den selvfølgelig den hurtigste, når de skulle kaste med klippestykker, kastede den selvfølgelig længst. I alle discipliner var den kyklop nummer et. Og det var noget man virkelig så op til, hvis man kan sige sådan om og blandt og til kykloper, undtagen lige Polyfemos. Den var nemlig som sagt en ener blandte enere. En Superkyklop Gigantus eller om man vil en Gigantus Superkyklopus.

Kyklopens helt særlige kendetegn, foruden dens kolossale giganormale kræfter, var, at den kun havde ét øje. Som oftest lige midt i panden over de storpjuskede mørke øjenbryn. Sad det ikke lige der, var det som regel nok på grund af en genetisk fejl. Af og til kunne det godt være forskudt, som regel lidt mod venstre. Men en kyklop havde altså kun ét øje. Og det siges blandt kloge folk, at ordet cyplos på græsk er det samme som hjuløjet eller rundøjet. Det har en forbindelse til ordet cyklos, der ikke betyder cykel, men ring og så giver det hele jo mening. Kyklopen havde lært (og, hvad andet kunne den også!) at leve med denne genetiske disposition, men var således udfordret på at bedømme afstande, som den desværre ofte fejlbedømte ... ...

Borgmesteren

Borgmesteren stod og betragtede det nye rådhus.

Han var på vej til en af de receptioner, der i hans optik var alt for mange af, og hvor man skulle stå "og se pæn ud, smile og sådan", selvom man inderst inde ikke brød sig om hverken festivitasset eller visse af personerne. Anledningen var, at rådhuset for en uge siden var blevet færdigt, og nu kunne tages i brug. Det ville ske på mandag, hvor kommunen holdt flyttedag.

Processen med byggeriet havde været ganske tidskrævende, især fordi kommunen mildest talt manglede penge, men der var alligevel fremkommet konsensus i byrådet omkring, at det var den vej man ville. Stemningen i byrådssalen havde været lettere euforisk, da vinderprojektet blev præsenteret. Der var ingen tvivl om, at det ville blive et smukt signalbærende byggeri, hvad det så end skulle betyde. Det var der faktisk ingen, der vidste, kun at byggeriet "pegede fremad".

Borgmesteren hilste på Plum, der cyklede forbi ham. Det var en gåde for borgmesteren, hvordan Plum kunne cykle med de centimetertynde og høje stiletter hun altid gik i. Modsat ham, elskede hun at komme til receptioner.

I byens vej mod et nyt rådhus, havde ét af de flertalsgivende partier, og det vil sige især én af deres halvintellektuelle akademikere, været mildest talt irriterende i deres vedvarende insisteren på "gennemført miljørigtigt" byggeri, men dem var der mundtligt blevet handlet en tillægsaftale på plads med. Sådan gjorde man i den kommunale verden, og det vigtigste og afgørende var, at den kunne de alle leve med. Der var endda på tomandshånd blevet givet et godt gammeldags håndslag på aftalen, så man udadtil ikke behøvede noget skriftligt. Ingen behøvede egentlig at vide noget om den, for den gik ikke direkte ud over nogen, så det kunne være lige meget. Det havde virket lidt kunstigt med håndslaget, men nogle gange måtte også sådanne teateragtige kameler sluges, selvom det i borgmesterens øjne havde virket lettere patetisk, ligesom at give en krammer til dronningen. Håndslaget var et spindelagtigt levn fra en svunden tid med studehandler. Den havde intet at gøre i en moderne papirløs tid, hvor der paradoksalt, både i konkret og overført forstand, skulle være papir på alt. Men hans flertalsbærende partis medlemmer vægtede den slags ritualer højt. Det blev for dem en slags højstemt legitimering af deres politik, et slags skulderklap. For borgmesteren var det blot en underlig form for et spil, hvor han spillede med, kun for at sikre, at byen trods alt blev styret. Og, hvis det kunne få tingene til at glide nemmere, så var det sådan, man gjorde.

Ovre ved indgangspartiet til rådhuset kunne borgmesteren, der hed Bent, se Wilfred, byens præst. Jo, han skulle nok forstå at mænge sig, men det var vel også en del af hans mission. Bent tog en dyb indånding og lod sine fingre glide ind under sin jakke. Han ledte efter sin tale og fandt papiret med sine stikord.

En del af financeringen af det nye rådhus indebar salget af det gamle. Ejendomshandlerens mening om bygningen var indeholdt i den kendte sætning, der gjaldt for det kundesegment, der kunne lide at bruge en hammer og sav. Ordene i salgsannoncen lød; *"trænger til en kærlig hånd"*. Huset var blevet slidt, andet kunne ikke være tilfældet, når titusindvis af fødder gennem årene havde gået på de grønne filttæpper, og man ikke havde prioriteret vedligeholdeseskontoen.

Sådan var det bare i den kommunale verden, man byggede, gerne flot, men uden tanke på driften. Det var en konsekvens af, at man, og det vil i første omgang sige politikerne, næsten mere sikkert end Wilfreds "Amen" i kirken, vidste, at pengene, på en eller anden måde, altid, i op- såvel som nedgangstider, i rigelige mængder tilflød kommunen. Den mand, der havde opfundet "skat", det forhold, at nogle legitimt kunne tage noget fra andre, ham stod alle de mennesker, der havnede i politik, i en ubetalelig taknemmelighed til; tænk sig, politikerne behøvede ikke at stå med en revolver for at få penge til deres projekter. De kom helt af sig selv, og ingen kunne unddrage sig. Borgmesteren så en western-film med John Ford, jagende skurken, der havde røvet den lokale bank midt ude i the middle of nowhere for sig, og tænkte, at penge, ja dem skulle der rigeligt til for at ajourføre det til nutidig standard, og spørgsmålet var om ikke huset egentlig havde været et røverkøb.

"Hov, hov, mester.", lød det bag hans ryg. "Nu falder han vel ikke hen i staver?". Entreprenøren, Knud Sloth, daskede Bent på ryggen med en hånd, der bar præg af mange års tumlen med store maskiner. Den ene tommeltot på venstre hånd var væk. Ved et uheld var den blevet kørt over af en damptromle. Folk havde ikke troet på det, men føreren kunne bekræfte, at Knud Sloth var snublet på en yderst uheldig måde lige foran ham, hvor tommeltotten gik ind under rullen. Lykkeligvis skete det ikke mere, men *at blive kørt over af en damptromle* var ikke længere blot en kliche, men noget som entreprenøren efter hændelsen fuldt ud levede op til. På den ene og anden måde.

"Nå, skal du sige noget om den gode handel, Mester?", fortsatte Knud Sloth, og kunne ikke skjule et bredt grin, der gik fra den ene mundvig til den anden. Bent forsøgte sig, men kunne ikke rigtig sige noget.

"Njae, jeg, øh ...". "Du behøver slet ikke at sige noget, mester. Vi ses inde ved receptionen.", og Knud Sloth fortsatte i retning mod rådhuset, hvor han stødte på Johnsen, der også var på vej. Oppe på toppen af byggeriet, sad et par af de ´sikkerhedstingerster´, i form af nogle aflange kasser, som Johnson havde leveret.

Knud Sloth, der havde købt Rådhuset, var en storentrepenør fra oplandet og havde været involveret i en del motorvejsbyggeri og andre offentlige byggeprojekter i resten af landet. Han havde købt bygningen til det, man i Jylland kalder en god pris. Kommunen havde stået overfor valget, som var blevet præsenteret af embedsmændene, mellem en totalmodernisering eller et nybyggeri. Havde de valgt første model ville det over lang tid have medført store gener for de ansatte og brugerne. Derfor havde byrådet i første omgang bevilliget penge til at få udarbejdet nogle arkitektforslag til et nyt byggeri. Sådan var proceduren altid, når det gjaldt offentligt byggeri af en vis størrelse. Og i dette tilfælde ville man også premiere vinderarkitekten. Det lå også ligesom i tiden, at den bedste, ham skulle man fetere. Det handlede om – for alle – at blive nummer 1. Bagefter kunne man så også bryste sig af, at man havde brugt *den,* *og ikke den* arkitekt til byggeriet. Måske kunne man endda lokke et par turister til for at beskue vidunderet, og for tiden var kineserne jo ligeså almindelige i gadebilledet som tyskerne og nordmænd.

Det var en mere eller mindre offentlig intern hemmelighed i den kommunale verden, hvis man skulle være helt ærlig, at brugen af arkitekter, nærmest som en ubrydelig regel, altid fordyrede projekterne væsentligt, men sådan var det bare. Ingen stillede nogle særligt kritiske spørgsmål til det forhold. Noget skulle man jo også bruge disse fagpersoner med deres belæste viden til. Når det offentlige, det vil sige skatteborgerne, gennem årene under deres uddannelse havde postet millioner og atter millioner af kroner i dem, gav det da kun mening, når man så også konsulterede og brugte dem. Men selvom byggerierne ikke blev billigere, måtte borgmesteren indrømme, at ofte så resulterne af arkitekternes kreativitet jo ganske imponerende ud.

Han mindedes sin far, der havde fortalt, at da landet var besat, da havde man for at trodse besættelsesmagten og vareknapheden, iværksat en del offentlige prestigebyggerier, hvor der ikke blev sparet på noget som helst. Det kunne man jo godt undre sig over nu. Specielt, fordi faderen også havde fortalt, at mange dengang levede på et absolut eksistensminimum. Men flotte sig – det ville man dengang da tyskerne tog landet. Borgmesteren havde tænkt, men bidt tungen halvt af på vej til at komplimentere faderen; om man så skulle .. af det … .

Og med hensyn til dette byggeri. Det kunne man virkelig ikke sætte hvem-som-helst til. Det ville blive noget frygtelig miskmask, en tanke helt udenfor normen og almen anerkendt tankegang, faktisk en smule gak gak. Borgmesteren lod sine overvejelser, der havde karaktér af en retfærdiggørelse, dvæle lidt ved den sidste tanke, og kom til at le indvendig; jo, det kunne se kønt ud, at sætte sådan en christianit, bz'er, punker, vagabond eller originalerne fra FriLand til at bygge. De kunne sikkert gøre det både billigere, sjovere og mere miljørigtig, og de ville sikkert fornøje sig vældigt med at rode rundt oppe på genbrugspladsen og diverse steder for at finde de rigtige materialer, hvis man gav dem lov. Borgmesteren så "de alternative" for sig nydeligt udrustet med genbrugssankekort, hvor kommunens byvåben var påtrykt. I tilgift kunne man så indkassere deres småanakistiske triumf, men de stod og fjollegrinede hen mod en og sagde; " … se, det er både billigere og næsten ligeså godt. Og vi fik alle førtidspensionister og bistandsfolk med. Se, hvor kreativt. Og de havde masser af gode ideer". Hvad de selvfølgelig ikke havde. Der var jo en god årsag til, at de var på offentlige ydelser.

Bent kiggede ned på sit ur. Et kvarter endnu inden den officielle start. Ovre på p-pladsen kunne han se et par journalister fra den lokale sprøjte dukke op. De hilste på afstand og havde et par kameraer hængende om halsen.

"Hej Bent". Det var en af de andre byrødder, der hilste, en af dem, der altid vidste, hvordan man skulle gøre en lille sag stor, men sjældent vidste, at gøre det modsat. Bent hilste igen.

Han havde bestemt, at han dennegang, til denne reception, ville tillade sig at komme lige før tiden, som …, ja, en konge værdig. Ham med de store visioner, der ikke levnede plads til småfolkets skøre ideer. Af gode grunde kunne man jo ikke tillade noget sådant "fribyggeri", og kunne man ikke finde dem, havde man altid, altid, lovgivningen. Den var i mange tilfælde ens nære allierede, om man så kan sige, især der, hvor fornuften nogen gange hørte op. Hvor ville det ikke føre hen, hvis man bare gav los og folk begyndte at tænke *for* utraditionelt og *frit*. Han havde lært at forlige sig med lovgivningen. Det kunne man ligeSågodt, selvom man skulle tro, at "tosserne" inde på Christiansborg, de alle havde fået en chip indopereret i hjernen, hvorpå der stod DJØF. Med tanke på Bilka-reklamen, hvor de sagde "hvem ka'Bil ka …" havde han formuleret sin egen underforståede version; "hvem ka' bøf'- det gør DJØF'… " og tilføjelsen, han kun involverede sine allermest fortrolige i, lød; "når djøfferne rækker ud efter papir og blæk – så svinder kommunens penge væk.". Han syntes selv, at ord-spillene var rammende, men var ikke helt sikker på, hvorvidt det rimede. For fredens skyld, holdt han dog lav profil med sine "retoriske" ordpuslerier. Man behøvede jo ikke ligefrem tirre bureaukratiet. Heller ikke selvom, og her smilede borgmesteren et af disse forsigtige smil, hvor læben vibrerede, at han havde ret.

Ovre ved indgangen så han en af byens såkaldte mindrebemidlede. Utroligt, at po-litiet ikke lige kunne få ham væk. Han fik over gaden kontakt med en anden byråds-skollega, der pegede ned mod sit armbåndsur. Ak, ja, der var mange måder, at sige tingene på, og borgmesteren følte sig allerede receptionstræt. Godt, at havde besluttet at vente til sidst med at erobre scenen, og dejligt, at han fik lov at stå i fred. Fred var noget andet end det bureaukrati, der var blevet til et selvopholdende mareridt, der uden undtagelse indvirkede i alles liv. De seneste 20 år havde været rigtigt slemme, hvad nye love angår. Den ene efter den anden regel var blevet lænset ud over kom-munerne, hele tiden nye regler, nye bestemmelser, nye retningslinjer og nye krav. Folk var ved at opgive rundt om på afdelingerne, men var endnu ikke nået til apa-tigrænsen og var så travlt optaget af nye bestemmelser, at de ikke havde overskud til at gøre indsigelser mod regelvældet. Og det holdt også folk til ilden, at der konstant gik rygter om fyringer. Man kunne sagtens overleve i det her system. Det krævede blot, at man var kynisk eller hurtigt erhvervede sig denne attitude.

Fra sit ny borgmesterkontors vindue kunne han nemt iklæde sig denne måde, at anskue tingene på. På afstand bliver store ting små. Udsigten var den bedste, højt oppe, men ofte, nok oftest, var man uendeligt langt væk fra dem, beslutningerne be-rørte. Og hvis man ikke passede på, og i tilgift ikke havde nogle vågne nærrelationer, så endte man i et elfenbenstårn. I Danmark kunne man bo i op til 4 år i et sådant uden at blive skubbet ned med mindre man virkelig dummede sig – tog af kassen, blev vanvittig eller sådan noget helt uacceptabelt, der faldt udenfor normen.

Borgmesteren vendte tilbage til tanken om genbrugsrådhuset og morede sig over sin lille fantasileg. Han så for sig et sammensat rådhus bygget op af diverse bildele, blikplader, plastik, udtjente containere, træpaller og brugte vinduer. Egentlig så var tanken jo slet ikke så tosset. Det kunne i det mindste give en konkurrence om en helt anderledes form for originalitet og bidrag til en CO_2- reduktion. Men – den var helt umulig i et kommunalt system. Der gik man efter regler. §dit og §dat. Punktum. Det havde årene efterhånden lært ham. Han havde hørt og set meget og kunne ikke altid huske i hvilken rækkefølge, blot at det havde givet ham en sikker politisk tæft, der også var blevet til et levebrød for ham. Det betød, at lave de rigtige aftaler på de rig-tige tidspunkter med de rigtige folk, og ikke fortælle mere end nødvendigt. Ligesom da projekteringen af det nye rådhus begyndte. Det var lykkedes dem, at holde projektet helt på danske hænder, selvom polakkerne havde presset hårdt på og henholdt sig til en masse EU-regler og frem og tilbage og en masse ting. Men de havde været så "heldige", at det var lokale folk, der havde fået hovedentreprisen. De kunne bygge det for "det halve". Som regel betød det blot billigere end det dyreste tilbud for man glemte ofte at fortælle; det halve af "hvad", og det druknede som regel i politisk tåge.

Borgmesteren havde personligt lagt en del arbejde i projektet, og hvad han ikke kunne og ønskede at komme nærmere ind på var, at han havde været i hyppigere kontakt med dem ovre på "Borgen" end vanligt. Fra sin ungdom "kendte han et par gutter derovre godt", som han plejede at sige til pressen uden at uddybe hvad "det" betød. Men han nød, når han nærmest uantastet kunne slippe af sted med disse antydninger, disse små lunser til hajerne, journalisterne, der konstant svømmede rundt i farvandet, for at nuppe det mindste stykke, der dukker op. At "det" betød mere end bare en sladder for en sludder, var en del af folkesnakken. Det blev en slags folkevid, at antage, at – det-tror-vi-nok-er-sandsynlig-med-de-gode-bekendskaber-han-har-for-hvordan-kunne-det ... ellers være, at det nye supersygehus også skulle placeres lige i nærheden, og var det ikke noget med, at det skulle komme en ny uddannelse til byen? Og pengene til det nye kulturcenter? Og bådebroen? Endda et forskningscenter havde været på tale. Det måtte da være fordi borgmesteren havde "gode forbindelser, for hvordan i så lille en by ... ...?". Og derfor stemte de på ham, og det havde efterhånden gjort ved 3 kommunalvalg. Men indtil videre havde det jo indtil videre også kun ført noget godt med sig, mente de samme. Livet var simpelthen også for kort til, at gå i dybden med eventuelle etiske småproblemer. Nu var der snart valg igen og chancen for genvalg var ganske sandsynlig, men han overvejede om han skulle stille op til Folketinget i stedet.

"Beeent!", blev der råbt over vejen, af en kvindestemme. "Det er nu! Du kan godt begynde at dappe herover. Vi står her allerede. Vi venter blot på dig".
Det var Plum, der lagde røst til, med det typiske knæk, der lyder, lige før tonen bliver skinger. Bent nikkede, men havde ikke i sinde, at råbe tilbage, og begyndte at gå i retning af rådhuset, mens han tænkte tanken om Folketinget igennem. Det var lige som om det trak en del i ham, og han var også blevet opfordret til det af sin partikreds, hvor han havde lovet at overveje det. Tanken var både skræmmende og fristende. Fristende, fordi så slap han for, at skulle være i orkanens øje, når budgetoverskridelsen på byggeriet samt andre "småting" blev synlige. Det kunne godt være, at ansvaret i sidste ende blev placeret hos ham – men så var han i det mindste væk. Skræmmende fordi, ville han kunne begå sig i Folketinget? Havde de også denne, hvis man så

bort fra al støjen, rumlerierne og forsidesnak, denne forholdsvis lette tilgang til at få tingene til at gå gelinde? Hvis ikke kunne det blive et værre bøvl. Nej, de måtte et eller andet sted spille mindst to roller – én, når de var "på", en anden, når de var på tomandshånd. Ellers ville det da være helt vanvittigt. Det kunne ikke adskille sig helt fra den kommunale "legeplads", hvor det også handlede om at mestre spillet, holde facaden om man vil.

Borgmesteren rev sig løs af sine tanker og betragtning af sin nye arbejdsplads og gik til rådhuset med nyanlagte brostensbelagte allé. Han var glad for, at det havde været muligt, at få plantet nogle store egetræer, også selvom det jo desværre bestemt ikke havde gjort projektet billigere. Men fornøjelsen ved at han derefter, fra sit borgmesterkontors vindue, kunne se ned på alléen med de smukke træer, allerede fra dag ét – den havde gjort det værd. Det var blevet et smukt resultat. Og retfærdigvis skal siges, at Entreprenøren havde også givet rabat på træerne, der var blevet købt hos Gartnerfirmaet Jensen & Co.

Pastoren

Wilfred slukkede for computeren. Fem minutter før havde der stået 03.35 i nederste højre hjørne på skærmen. Han var gået ind på sit kontor kort før midnat, og var så blevet siddende der i en lettere koncentreret tilstand. Det udtryk kunne han godt lide, *lettere koncentreret tilstand,* det lød bedre end konens drilske; distræt. Men det var nok det han var, når han kom i sit "skrive-mode": Distræt. Lettere var en jysk underdrivelse – et korrelativ, han som københavner lige måtte vænne sig til, at man, især her i Jylland, brugte ikke bare i ny og næ, men nærmest som en regel. Han havde spekuleret over, om det mon havde et eller andet at gøre med 1864, hvor danskerne fik et mentalt gok i nøden, hvad deres selvforståelse angår. At så måtte man – på den hårde måde – lære, at bøje nakken og det havde så over tid medført, at danskersindet, på en mærkværdig måde både var blevet duknakket, men også jævnligt, nærmest som en fjeder, sprang op og havde brug for at markere sig. Hvis man kunne tale om noget så diffust som "et folkesind", så måtte dette være den karakteristik, der kunne hæftes på "danerne" – et underspillende folk, der netop derigennem på en mærkværdig måde kendte sit værd. Som om mindreværdet udgjorde en pralstatus i sig selv. Og det gjaldt altså især for jyder. Sådan var det bare – modsat i København, der også var gået hen og blevet en samlebetegnelse for hele Sjælland. Der var det ligesom at tingene blev sagt mere direkte. Kontant. Sprudlende. En sprogforsker, han havde hørt ved et foredrag, kaldte det, at tale i superlativer, når man overdrev. Det var ikke bare en god ko. Det var en fantastisk ko. Den ultimative ko. Det var vist også sådan jyderne så på københavnerne – at de "altid" overdrev og det havde broen, der var blevet bygget mellem Fyn og Sjælland ikke ændret på. Wilfred morede sig lidt over ordene superlativ, korrelativ. Overdrive, underdrive. Ord med modsætninger. En dialektik. Noget, der nærmest indbød til at lave et drama af, hvis det ikke lige havde været fordi … , at i Danevang, da kom ordene nærmest til at ophæve hinanden, som plus og minus. 5 minus 5 = nul. Det var det, visse udlændinge kaldte lun leverpostej. Intetsigende. Eller til at blive forvirret af på et højere plan, for; *hvad mener de egentlig!!!* Og så var det, at andre fik travlt med at sige, jamen i Danmark har vi ingen bjerge, og vi er bare et lille bitte folk, og er et meget lille sprogområde, en lille ubetydelig prik på verdenskortet, så … . Måske var det derfor, at aviserne og de hjemlige medier i det hele taget havde så travlt med at promovere "vore" succeser, når de så var der. Når vi vandt i fodbold, så var det århundredes sensation, når vi lavede øl, så var det verdens bedste øl, underforstået, "vi" er de eneste, der kan lave så godt øl, hvad der jo var noget værre sludder. Og vores konge – ingen var som ham, og det havde da nok en vis sandhedsværdi, selvom den seneste nytårstale, ja, der ville han gerne have tilbudt sig som majæstætens taleskriver, for det var da en omgang håndholdt bavl af en, der kommet alt for sent i gang. Og kendte vi egentlig bare et par af kongens andre kvaliteter? Var det ikke bare et ønsket glimmerbillede, der blev dyrket. Vores broer var også enestående, synes vi selv. Og biler havde vi også bygget, skibe, toge, vindmøller whatever. Niels Bohr blev hyldet som den store kanon, hvad han jo også var, men grækeren Demokrit var den første til at spekulere over atomer. Vel at mærke *før* Kristi fødsel. Så selvom vi således ikke var alene om dygtigheden – så vidste vi godt med os selv – vi kan alt, hvis vi gider og der er penge i det. Det sidste var det vigtigste. For var der det, så gad vi også, og så skulle vi nok finde vej. Ligesom vikingerne i sin tid. De sejlede ned langs Hollands og Frankrigs kyster og så de noget inde på land, der var værd at erobre – så tog de det. At der så for tiden, sådan havde det været de seneste 25 år faktisk, rådede nærmest panik før lukketid i den danske debat vedrørende konkurrencen fra Kina, Polen og så videre, det var underordnet. Vi vidste godt, både jyder og københavnere, at på trods af en slags underdogrolle, så mestrede vi alligevel store opgaver, de største vel at mærke. På en måde kan man sige, at selvom prøjserne, de store, slog os der i 1864, så måtte vi sidenhen lære at klare os på andre måder – og det blev denne her underspillende selvbevidste nationalkarakter, der hos jyder kunne kamme over i en nærmest iscenesat selvudslettelse, og hos københavnere i de store armbevægelser. Jyder ville sige; alt for store.

Wilfred tog et dybt sug af cigaren, han havde fået af en kollega, som også var en nær ven, der fornylig havde været på Cuba. Selvom klokken var fremskreden nød han disse små nydelser, som samtiden for nogle år siden ubarmhjertigt havde omdøbt til "synd". I det hele taget var det jo efterhånden nærmest en dødssynd, den ottende, at nyde livet. Der kom forbud mod dit og dat og efterfølgende kontrol på, at forbudene i victoriansk neurosegalskab blev overholdt. Derfor frydede han sig godt og grundigt over denne moralske tidslomme, han var bosat i og værnede om, hvor folke(-van) viddet og sundhedshetzen ikke kunne nå ind. Endnu kunne han forfægte sin frihed i dette hus. Men det varede nok ikke længe, før hans overordnede kom og sagde; "dass ist – auch - Verboten!", selvfølgelig på dansk, men sådan, at det ikke på nogen måder var til at misforstå. Som en fej underdanig hund, der gjorde alt vor at vogte sit kødben, ville chefen rette ind efter de politiske vinde, som han havde gjort det så ofte før. Men indtil da, ja, da ville han nyde hvert eneste og om sandsynligvis ganske kort tid "verbotene" nydelser. Det var den vej, det hele gik. Mod Verboten. Og det her med fejhed. Det var det, der denne nat havde holdt ham vågen. Konen var så vant til hans nattepusleri – og hun elskede ham faktisk for det. At han var vågen. På mere end én måde. Hun vidste, at når han satte sig ind på kontoret og kom i det der "mode" – så var det fordi han havde noget på sinde, noget, han brændte for. Noget som skulle ud. Årene havde lært hende, at tilsyneladende så kom inspirationen mest om natten, og nogen egentlig videnskabelig årsag dertil kunne man nok ikke hente – ikke andet end at der om natten var ro.

Wilfred læste endnu engang de sidste linjer han havde skrevet på den kopi han havde udprintet:

... og i Østtyskland og Østeuropa var det på den måde, at staten før murens fald, havde titusindvis af aflønnede stikkere. Unge og gamle, naboer og venner, familie og kollegaer. På samme måde med regeringens lovgivning omkring overvågning, dog retfærdigvis, nu uden aflønning – for installationer skal jo ikke som sådan aflønnes, når de først er sat op ... . Kommunen med borgmester Bent Jensen i spidsen har efterladt deres egen anstændighed på en stinkende moralsk mødding ved ikke blot ureflekteret fejt og følgagtigt, at efterleve opsætningen af disse kameraer i vores kommune, men også endda fremme udbygningen af diverse kontrolsystemer. Designet på disse tingester er ikke spor anderledes end dem man i sin tid kunne se ved grænsen til netop Østtyskland, Chek Point Charlie eller Nordkorea. Der er ingen tvivl om, at leverandøren af disse hvide firkantede kasser må fryde sig over kontrakten. Man får nærmest den tanke; hvor lang tid tog det at få politikerne overbevist? Hvor meget frygt skulle der plantes, inden de gav sig? Men nu har vi altså en borgmester evigglad, der fra sit, med kobberbelagte tag, splinternye rådhus og midt i store fyringsrunder, kan skue ud over den sirligt overvågede by, hvor man ikke længere kan færdes uden at "nogen" følger en. Tillykke med big brother is watching you – samfundet. I mange år har det været sådan, at en del politikere har kæmpet for at få troen ud af det offentlige rum, mens de har klappet sig på deres tykke maver. Så også tillykke med, at troen er gået ud – og kontrollen kommet ind. Sikke et fint bytte. Hvorfor kæmper I mon, når I nu har gang i de store sager, ikke lige så meget for at få mistroen og mistilliden ud af det offentlige rum? Den er da også et problem – måske endda større end troen. Er det fordi – med borgmesteren i rumpen på jer – at I dybest set er bange for – os? Og så bliver I nødt til at vedligeholde og nærmest pleje frygten. Eller er det fordi, nogle af jer sidder i lommen på de firmaer, der lever af folks frygt? Man skal ikke have levet længe, før man finder ud af, hvor effektivt et styringsredskab, et magtmiddel, frygt er. Det er en skandale, og jeres, IKKE vores, nye rådhus er et symbol på jeres skamriden af det nutidige demokrati! Stort, flot og langt, langt fra den enkelte.

Demokrati lever af tillid, af nærhed – ikke af frygt. I, og dig i særdeleshed, Bent Jensen, har valgt at efterleve frygtens tyranni! Og det er en endnu større skam, at I sælger dette kontrolsamfund under varemærket 'tryghed til folkets bedste'. Sådan solgte de også i Nordkorea, i Cuba, i ..... Sandheden er, at det er ufrihed. Det er ulighed. Det er vejen til et diktatur! Og I fatter tilsyneladende ikke en meter af det I har gang i. Og hvis – så er I ikke på nogen måde den hyre værdig, I får. Tænk sig, at den største vision I har, det er at skabe et overvågningssamfund, men i sælger det som et gode! Men, der vil altid være nogen, der overvåger - mere end andre. Kan du se problemet, Bent, den udemokratiske voksende assymetri! På vej mod en bykonge i et dyrt marmorpalads med følge, der enerådigt kan sidde på sit guldbelagte kontor og naragtigt arbejde hen mod at vide alt – det er måske det du vil? Selv blive gud. Byguden Bent, herre over folks liv og tanker?

Wilfred lagde papiret på skrivebordet og funderede over om "naragtigt" og "bygud" var for kraftige ord, men nu havde han altså per email i word med Times New roman-skrift sendt det til den lokale avis. Ord havde det jo med at skabe det de nævner – men var sandheden ikke snarere, at *de*, politikerne, i allerhøjeste forstand, havde skabt sandheden eller rettere virkeligheden? De førte sig netop frem, som om, at de aldrig havde lært at manøvrere i det farvand, der hed ondt og godt, rigtig og forkert. Og specielt borgmesteren – en rund, jovial anlagt og åleglat pragmatiker, der konstant gik efter, hvad der var mest hensigtsmæssigt.

Wilfred sukkede højtlydt og tænkte; ja, det er godt nok langt væk fra, at nogen for mange år siden, i bedsteforældrenes generation, kunne samles omkring dette motto: "Aldrig, aldrig spørge, om det nytter – men om det er sandt. Og i sandheden – kærligheden!". Den vinkel var de færreste dedikeret til. Eller rettere. Journalisterne – de brændte for sandheden. Og Wilfred. Det var efterhånden mest blevet kærligheden. Og dér fandt han sandheden.

Byens eneste mandlige præst åbnede døren til børnenes soveværelse og betragtede de sovende børn og smilede. To drenge og en pige, som endnu kunne sove i ét værelse. Snart måtte de fordeles i den store præstegård, der var blevet bygget i en tid, hvor præsten stadig havde et og andet, at skulle have sagt. Endda som kongens og embedsapparatets forlængede arm, hvor præsten også havde en kontrolfunktion i forhold til befolkningen. Nu var det helt anderledes. Til tider kunne han føle sig, også med de tjenesteklæder han *skulle* have på, som en statsbetalt museumsgenstand udrustet med et håbløst upraktisk dyrt sort klovnekostume. Et levn fra en tid, hvor der stadig var andre samlingspunkter i landet end festivaler, øl, vejrudsigten, Paradise Hotel, håndbold eller fodbold.

Til tider syntes han, at det kunne virke som en håbløs opgave, at skulle formidle håb: For, hvad var et "håb", man ikke kunne se, mod et "håb", der *kunne* ses. I dag satte folk jo deres håb – og dermed tro – til så mange ting. Ja, netop, ting. Ting havde afløst tro. Han vidste godt, at han kom til at lyde så dinosauragtig ultimativ, så ensporet, når han fremsatte disse synspunkter, og at nogle ville føle sig stødt. De tænkte sjældent, nok aldrig, over, at deres liv også kunne støde andre, bare set fra en anden kontekst. Han tænkte ikke på sig selv, men på de indere og afrikanere han de seneste år havde haft på besøg. De forstod ganske enkelt ikke, hvor al vores rigdom kom fra, og kontrasten til deres egne forhold var gigantiske, men havde alligevel så ukrigerisk sagtmodigt sagt; det må være et fattigt samfund, der *kun* kan tænke på penge. Wilfred måtte give dem ret – det var sådan, det var blevet. Alt handlede om vækst og forbrug.

Han gik hen til børnenes senge, bøjede sig ned, kyssede dem på panden, rettede deres dyne til og slukkede nattelampen. Man kunne få meget for penge, men intet, der overgik dette.

Firmaet Supervision A/S

Kommunen havde tilbudt firmaet Supervison A/S en ny byggegrund, klods op ad motorvejen, efter at de eksproprierede dets tidligere residens. Det havde de venligst takket ja til. Her kunne de bygge helt ud til vejen, hvilket gav en enestående eksponeringsmulighed for firmaet, der de seneste år havde oplevet en helt enestående vækst. Indtil det var færdigbygget havde kommunen, på gode vilkår naturligvis, tilbudt et midlertidigt lejemål i en af deres bygninger.

Supervision A/S´s overskudsgrad var vokset helt usammenligneligt med andre brancher. Hvad der for 15 år siden var begyndt i en kælder hos en af ejerne, var nu blevet til et firma med 80 ansatte, 3 dyre direktørbiler, offentlige kontrakter og en begyndende research at muligheder i Sverige, Rusland og Tyskland. Senere hen overvejede man også England, men her var markedet nærmest utilgængeligt. De var begyndt mange år før, vistnok under Thatcher, med "at skabe tryghed for folket" som briterne kaldte deres overvågningspolitik. Bush-regeringens "dem og os"- propaganda og nine-eleven havde så skabt den næste bølge af behov.

I månederne efter angrebet på Twin-towers var salget af deres dyreste model – OV4 – eksploderet. Dengang var den blevet produceret af et firma i Ålborg. Nu var denne del af forretningen blevet outsourchet til Polen – endda med et gedigent EU-tilskud. Johnsen, den ene direktør for firmaet, forstod stadig ikke den nære logik i det, men det havde at gøre med, at man ville hjælpe nye EU-lande på vej. Og den lov gjaldt stadig. At det så skete på bekostning af "de gamle" EU-lande med arbejdsløshed til følge, det var tilsyneladende en omkostning landets egne politikere samt EU-bureaukratiet var villig til at tage. Supervision A/S kunne konstatere, at efter udflytningen af produktionen var salget eksploderet.

Nu gik direktørerne med tanker om, hvorvidt Supervision A/S ved en udflytning af produktionen fra Polen til Vietnam eller Afrika endnu engang kunne skabe forøget vækst. Det var selvfølgelig ikke noget man talte højt om, for det kunne bare skabe unødig uro. Dog talte det til fordel for at beholde produktionen i Polen, at polakkerne gennem årtier – også før murens fald – havde en gedigen erfaring med deres overvågningsprodukter. I russertiden, som Johnsen kaldte det, havde de dengang kun haft én konkurrent som lå i Østtyskland i nærheden af optikfirmaet Carl Zeiss, der faktisk havde lavet nogle gangske gedigne kvalitetslinser. Men – som den anden meddirektør og –ejer med et glimt i øjet havde sagt til Johnsen; "*... de her kameraer laver de jo også i Korea, både nord og syd, og det ligger jo ikke så langt fra Vietnam! Og vi taler jo heller ikke om raketvidenskab!*".

I det hele taget ville det ikke være så vanskeligt at flytte produktionen og know-how. I DK havde man endvidere også ansat eksperter, der kunne være behjælpelige i så henseende – det var en afdeling man kaldte Global Vision. Men lige nu var det projekteringen af deres nye domicil, der havde første prioritet. Selvom de udlicitere-de, så var direktørerne, der også var stiftere af firmaet, enige om, at administrationen og udvikling, selvom det strengest talt overhovedet på sigt ikke var nødvendig, den ville man beholde i Danmark. Hvis man så voksede på andre markeder – ja så måtte man jo se tiden an, og kunne det svare sig, så var situationen jo en anden og så kunne det jo blive nødvendigt også at flytte administrationen udenlands. Her i Danmark var der ingen konkurrence og det havde de, indtil videre, levet godt af.

Det ny firmadomicil skulle ikke have en prangende facade. Nej, det skulle bygges i en ganske minimalistisk stil, der signalerede fokusering. Det var den opgave arki-tekterne havde fået. Udfordringen bestod også i, at Supervision A/S ikke kom til at fremstå som et Fort Knox, men gerne som noget tilforladeligt. Selvom Johnsen aldrig havde været det sted, så havde han alligevel læst, at det var et af verdens mest sikrede områder – hermetisk lukket for omverdenen og kun med adgang for topprivilegere-de personer med topkrypterede id-kort, der konstant skulle ændres. Her havde ame-rikanerne sikret deres guldreserver samt andre hemmeligheder. Andre stormagter havde også deres pendant hertil, hvor de yderligere havde et permanent beredskabs-center, der kunne håndtere alle tænkelige krisesituationer. Nogle mente, at det var i Fort Knox, at man opbevarede arkiverne med Kennedy-attentatet som ingen vidste, hvornår blev frigivet. Desuden var der planer for worst case scenaries eller ajourførte lister over persona non gratia, hvilket frit oversat betød; dødslisten, som kun en gan-ske lille betroet kreds kendte til. Andre mente også, at det var her, at alle data om den enkelte amerikaner, nogle sagde *alle* klodens mennesker, blev gemt, men ingen vidste det nøjagtigt – undtagen få indviede. Et par professorer fra et amerikansk universitet, der fornylig havde skrevet et indlæg i New York Times, anslog, at man i gennemsnit lå inde med cirka 197.000 oplysninger om hver enkelt amerikaner, eksklusiv børn under 18 år, og at det krævede en gigantisk computer, der kontinuerligt kun blev større. Disse oplysninger kunne rekvireres direkte per mail til præsidentens kontor i løbet af no time, og der var 200 mand ansat til konstant, blot for at sikre, at linjen altid var klar, og at præsidenten og dennes stab, i en krisesituation, øjeblikkeligt, kunne få adgang til *de* relevante data. Derudover var der tusindvis andre ansat blot med sikring for øje. Ligesom bierne, der vogtede over deres dronning. Det var en parallel til den røde telefon, der, i den kolde krig, blev symbolet på den varme linje, en seriøs livlinje, mellem øst og vest. Et medie fra en tid med to modstandere, hvor præsidenterne kunne tale sammen inden det ultimative ragnarok brød løs. Fort Knox var samtidig blevet et symbol på en samling af ekstrem magt. En del amerikanere havde besvær med at se sammenhængen i, at landet, på den ene side, i sentimental overkognning en gang om året i juli hyldede "friheden til alt" med flag og vimpler og hvad der hører til, men samtidig de seneste år havde fået opbygget et magtmonstrum, der i uhyrlig grad samlede magt som en blæksprutte med grådige titusindvis af fangarme. Før var det blot guldet, der lå der. Nu lå der også en anden slags guld, informationer og viden om den enkelte. Og det repræsenterede en utællelig formue. Viden var lige med værdi. Blandt andet kunne man se, hvilke købemønstre en almindelig familie havde. Denne mulighed havde været omstridt, men var blevet godtaget af regeringen under dette argument; vi er nødt til at kunne vide, få et redskab til, om der forekommer usædvanlige indkøb.". Kritikken var efterfølgende døet ud. Ingen gad tilsyneladende, uvist hvorfor, forholde sig til, hvad "usædvanlige indkøb" kunne være. Logikken sagde; terrorting. Men det kunne jo være *rigtig* mange ting og derved var alle amerikanere jo i princippet i søgelyset. I princippet var alle skyldige.

På mange måder var Supervision A/S jo fjern var denne virkelighed. Og så alligevel ikke. Amerika var et stort land, og havde deltaget i mange forskellige krige og var på mange måder uafhængigt. Danmark var i global sammenhæng et lille ubetydeligt land, som på mange måder *var* dybt afhængig. Det var afhængig af, at tyskerne, svenskerne, englænderne, ja, at alle, købte varer, at det kunne afsætte produkter, at det engang imellem fandt olie, af, ja så meget udefrakommende. Og i Nationalbanken befandt der sig, så vidt Johnsen vidste, vel stadig kun guld og penge. Men Johnsen måtte anerkende, og jo mere han tænkte over det gav han tanken ret, at vi vitterlig var på vej mod den her samling, den her koncentration af magt, der de seneste år var konvereret til viden. Akkurat ligesom i Amerika.

Og deres firma, sammen med et par enkelte flere, var nogle helt central spillere i det scenarie. Foreløbig herhjemme og en lille smule i Sverige. De havde begyndt med nogle designmæssige skrumler af overvågningskameraer, hvor de havde købt et polsk parti og senere en lidt mere afrundet pænere, hvis man kan sige sådan, dansk produceret model. Det var de firkantede aflange hvide modeller med zoom, som man kunne styre indefra et fjernt kontor med et joystick. I princippet kunne man være 2500 km væk eller sidde i Bruxelles, New York ..., hvorsomhelst.

En overvågningsmand, ikke nødvendigvis politimand, kunne dække et kæmpeområde. Så var der kommet nogle modeller med kuppeldesign, der gav 180 eller 360gr panoramview. De var udrustet med panserglas og aldeles modstandsdygtige for alt. Ingen brosten kunne gøre det af med dem. Supervision A/S havde haft en model til test og havde opfordret alle medarbejdere til alle mulige former for hærværk. Selv lakken var kun blevet overfladisk ridset – så det var en holdbar, næsten for holdbar, model. Men det var det myndighederne krævede; at den skulle leve op til EU´s forordninger angående overvågningskameraer.

EU´s bureaukrater havde hentet deres inspiration og standardiseringskrav fra Nordirland i 1970´erne. Det var engang, at danskerne mente, at sådanne tingester vitterlig kun hørte til i bananstater, men nu var det ligesom blevet anderledes. Utrygheden rådede i samfundet. Før var der en fast fjende som blev holdt i skak af, det, der så smukt hed *terrorbalancen* med a-bomber. Nu kunne bomben ryge i luften, hvor som helst, hvornår som helst og med hvem-som-helst som aktør. Den kombination var just det, Supervision A/S levede af.

Når aviserne skrev om de forfærdelige terroranslag rundt omkring på kloden eller bare efterhånden jævnligt ryddede forsiden til fordel for retssager, der havde potentielle terrorister eller in spe aspiranter som aktører, så var det, at telefonerne hos Supervision A/S kimede. Alle ville sikre sig. Og mange blev mistænkt. Derfor havde de også set behovet for at udvide deres udbud til også at dække andre sikringsopgaver. Deres nyeste model overvågningskamera havde en ekstrem høj opløselighed og indbygget automatisk genkendelsesapparatur, der kommunikerede med diverse forvaltninger, det vil sige primært PET og politiet, hvor den ny lovgivning så nu også gav den øverste myndighed i kommunen, borgmesteren og kommunaldirektøren, mulighed for at koble sig på. Det lød et eller andet sted som en science-fiktion historie, men det var blevet virkelighed i dagens Danmark, nogle årtier efter nine-eleven.

Argumentationen for denne forordning havde for det første været, at en borgmester i byen er folkevalgt, og dermed en repræsentation af demokratiet som skal varetage *hele* byens ve og vel. Dernæst havde man skelet noget til Amerika, hvor samme model, godt nok i større målestok, tilsyneladende fungerede mellem præsidentens stab og den samling information, der fandt sted. Firmaets teknikere kunne se, at borgmesteren kun sjældent koblede sig på. Måske skyldtes det hans alder og det kunne jo altid ændre sig, hvis der kom yngre kræfter til. I hvert fald havde politikerne fået det lanceret som et "tryghedsgode", hvor handlemyndigheder og –beføjeler var absolut klarlagt. Et tredje gode ved denne model var også, at man i tilfælde af en voldsom ulykke i kommunen, havde ét fokuseret koordineringsled. At der endnu ikke i de seneste 100 år var indtruffet en sådan, skulle jo ikke hindre, at det var vigtigt at være beredt. Forebyggelse og mestring lå ligesom i tiden. Man vidste aldrig, hvornår terroren kom til "Storkøbing", "Lillekøbing" eller "Mellemkøbing". Det var vigtigt at forstå, at paranoiaen og utrygheden – den var man ligesom blevet nødt til at leve med. Enkelte, og efterhånden en ubetydelig rest, mente stadig i deres romantiske lyserøde politiske forestillinger, at demokratiet således havde spillet fallit. De var ganske enkelt tonedøve overfor fakta, de kunne heller ikke se, at det jo var et gode for dem. En beskyttelsesforanstaltning *netop* for demokratiet. Jamen kunne de da ikke fatte, at de her ting blev gjort for alles bedste! Tilsyneladende ikke.

Johnsen blev forstyrret i sin tankerække af en flue, der svirrede foran næsen på ham, men lod tankerne fortsætte, da han kiggede ud af vinduet fra deres midlertidige adresse. Han huskede, at han i gymnasiet havde læst bogen "1984", og var faktisk i gang med at læse den igen. Den havde der for efterhånden mange år siden gjort et vældigt indtryk på ham. Ham der, George Orwell, det kunne han sagtens se nu, han havde da nærmest haft en profetisk evne, der omkring 1948. Dengang havde Johnsen ment, at Orwell bare var en fantast, en usædvanlig drømmer, men samtidig med et noget misantropisk verdensbillede, der bedst passede ind i en halvdårlig sort hvid kedelig politisk gyserfilm. Selvom dansklæreren havde gjort ganske ihærdige og gentagne forsøg, kunne ingen naturligt forvente, at en 18-årig 2G student på nogen måde kunne lodde dybderne hos de læste forfattere. Jules Verne havde også haft denne evne med at kunne skue ind i fremtiden, men han var ligesom mere positivt disponeret overfor fremskridtet. Og ingen seriøs dansklærer på gymnasieniveau kunne finde på at inddrage en sådan forfatter. Profetier – det blev erklæret som noget fabulerende nonsens, og det var i den genre, at Verne befandt sig. Det huskede han, at dansklæreren havde sagt, da Johnsen havde spurgt, om ikke også Jules Verne lignede George Orwell. Så var han blevet affærdiget med det svar, der tydelig bar præg af en uhørt arrogance. Den samme dansklærer havde også udbredt sig om det 13-tal han fik på universitetet i en skriftlig opgave, ikke videre sympatisk, men det afledte sidenhen en poetisk åre hos Johnsen, så han som 21-årig formulerede; at have en karaktér og få en karakter – det er to forskellige ting. Det var med tydelig reference til dansklærerens affærdigende holdning han havde skabt dette ordspil. I øvrigt havde han sidenhen mødt utallige langt klogere personer end den dansklærer – og folk, der havde – ja netop – karaktér! Johnsen mente sidenhen, at der faktuelt også var andre forfattere, der havde denne evne til at skue fremad, men var ikke sikker. Og i hvert fald turde han ikke længere kalde det profeti. Det var nok snarere en særegen evne til at analysere og koble tingene sammen. Han undrede sig stadig over, at Jules Verne mange år før tingene blev opfundet, havde anet arketypen på genstanden. Måske var det bare visse forfatteres gave, at de besad denne evne til at skue fremad ved at skue indad og så igen skue udad. Hvad det så end var. En introvert evne i et ekstrovert samfund. Men Johnsen, direktør Johnsen, havde ikke længere så megen tid til at være "introvert". Det lod han nu andre om, selvom han da godt, ligesom nu, godt kunne tænke sig, at dyrke den del af sin personlighed noget mere. I sin ungdom havde han rådyrket de dybe samtaler, også med personer han var vildt uenig med og hvor havde det været horisontudviklende, selvom man næsten var kommet op at slås. Der var engagement og tæft i diskussionerne og man prøvede hinanden af. Spørgsmålet var naturligvis, om man overhovedet kunne dyrke en sådan side af sin personlighed eller om man bare havde den personlighed man havde. Der var også nogle, der kaldte den at være komtemplativ og sådan var der mange ord for det samme. Faktisk troede han, at han i bund og grund mest var den her indadskuende type, men jobbet havde krævet en helt anden side af ham, nemlig den udadvendte og proaktive entreprenørtype. Den rolle havde han ikke været nem, at gå ind i, men som tiden gik, havde han vænnet sig til den. Og nu mestrede han den faktisk, synes han selv, til ug kryds og slange eller med ungdommens ord – han gjorde det nice i jobbet. Men indeni kunne han virkelig godt savne noget mere dybde. Den dybde, der parallelt med mands modenhed i hverdagen, på en paradoksal måde havde forladt ham. Eller forladt var måske så meget sagt, men der var bare så mange andre udfordringer, der var vigtige. Eksistentielle ting og sådan, og Johnsen smilte ved sin tilføjelse "og sådan" måtte vente til man blev pensionist. For øvrigt så var det firma han ejede sammen med de to andre, jo i den grad på mange måder også på en bagvendt måde en del af noget eksistentielt, hvis man måtte være så fri. Det handlede om, at andre, det vil sige politikerne, gennem lovgivningen, udfordrede friheden – og den var jo et eksistentielt emne, eller? Og med friheden fulgte ansvar, valg, muligheder, begrænsninger, skyld og moral og så videre. Supervision A/S benyttede bare de muligheder, som politikerne gav. Og så var der jo også den personlige tilgang. Johnsen havde mistet sin bror ved et terrorangreb i Pakistan på en FN-bygning. Og en anden af sine venner havde mistet en datter ved et terrorangreb på Bali. Og faderen havde haft en kollega, der havde været gidsel på et fly sammen med 125 andre, hvor terroristerne i 48 timer var gået rundt med håndgranater i hænderne. Så firmaet Supervision A/S udfyldte helt sikkert en nødvendig funktion og hvis de her kameraer bare kunne hindre ét eneste angreb – så var formålet med overvågningen indiskutabel!

Johnsen ønskede, at hans børn måtte vokse op i en verden, hvor det en dag ikke længere var behov for overvågning. Desværre gik udviklingen lige nu, den absolut forkerte vej. Det kunne han godt se.

Og de var også godt på vej til af få gang i salget af indbrudsalarmerne, så der nu var mere end hver anden, der var på vej til at få en i hjemmet. Men, hvad p....r gjorde man ikke for at skabe tryghed? Politikernes svar var; mere overvågning, mere kontrol, mere stat. Og det tjente Supervion A/S så godt på. Men helt klart kunne han, på trods af sin status som fuldblods forretningsmand, godt se de dilemmaer, der var indbygget i det. Dog, at vælge mellem onder, hørte også med til tilværelsen. Som leder vidste han, at livet hyppigt bestod i, at forholde sig til disse. Men han var ikke i tvivl; minimeret ned til to onder, var og blev overvågning det bedste og så måtte man håbe – og bede til, ja det mente han faktisk, selvom han ikke vidste til hvem, at der i befolkningen måtte fremstå nogle dygtige, fair og ordentlige politikere, der virkelig kærede sig for folket. Alternativet var ikke til at holde ud at tænke på. Altså uordentlige folk med adgang til den viden kameraerne kunne give dem. Det indrømmede han gerne for sig selv. Men, men, men. Nu havde denne dumme åndssvage præst igen kreeret et læserbrev med sine komplet tossede insinuationer … . Hvordan kunne dette vanvittige menneske dog få en så absurd tankerække ud af den kontrakt de havde lavet med kommunen? Skulle man bare overhøre ham, som man havde lært på et lederkursus – ignorere ham til han ikke længere i sin egen forstand eksisterede eller?

Ganske rigtigt havde Supervision A/S gjort kommunen opmærksom på, hvordan kameraerne ville skabe tryghed og indsatsmuligheder, men mere mente Johnsen heller ikke at de havde gjort, sådan da. Det måtte vel være fair nok på en måde at levere det, som politikerne gerne ville høre, have og se. Så det var sådan man gjorde. Det var de ikke de eneste om. Præsten havde også nævnt, at kommunen sad i lommen på dem. Vel, i lommen var et stort ord, men noget sandt i denne påstand, måtte han retfærdigvis sige at der var. Selvom overvågning i princippet ikke var en raketvidenskab, så skete der jo også i denne branche en ufravigelig udvikling hen imod det mere komplicerede. Det indebar som regel, at færre mennesker skulle bruges til produktionen. Når tingene ikke mere var enkle, retfærdiggjorde det altid en højere pris. Og jo. Privat var han venner med kommunaldirektøren, men i lommen …, og hvor vidste præsten egentlig det fra. Det gad han nok, at vide. Men ok, præsten kendte jo nok en farlig masse folk. Han kunne mærke en lettere irritation over præstens ord, nok mest fordi ordene var ikke helt uden sandhedsværdi, og han kunne godt mærke, at han egentlig bare prøvede på at retfærdiggøre sig selv. Johnsen tog langsomt avisen foran sig på glasbordet og slog op under læserbreve, mens han tog sin mobiltelefon og ringede til redaktør Karl Nielsen.

Redaktør Karl Nielsen

"Ja, goddag, du taler med redaktør Karl Nielsen. Hvem er det, at jeg taler med?". På tonefaldet kunne man godt høre, at der var tale om naturlig myndighed, ikke for meget og ikke for lidt. Han vidste, at på den plads han bestred, der kunne man altid forvente lidt af hvert, lige fra den dejligste buket ordblomster til, nå ja … . Og i det her tilfælde, ja, der var der tidsler på vej. Men dem havde han også lært at betragte som en slags blomster.

"Ja, du taler med direktør Johnsen fra Supervision A/S. Det er angående et læserbrev jeg gerne vil drøfte med dig.".

Karl Nielsen indskød hurtigt, også som en slags præventiv manøvre fordi han nu erindrede præstens læserbrev:

"Er det et, du selv vil skrive eller have i, eller … ?".

"Nej, nej, det er om det læserbrev, hvor der er nogle ret så kraftige insinueringer – dem er vi ret trætte af, at de er kommet i. Og det er jo ikke første gang, at den her vanvittige præst skyder med skarpt!"

Til det sidste, måtte redaktøren give Johnsen ret. Præsten skød vitterligt ofte med andet blødt viskelæder, der duftede af syntetisk jordbær. Der var snarere tale om pansergennembrydende patroner. Nielsen forsøgte sig:

"Jaee, men, øh, han skriver jo fremragende …og …".

"Fremragende?", afbrød Johnsen. "Hvad f r e e m ragende er der i at komme med insinuationer? Det er måske sådan, at I fremover vil drive jeres avis. På insinuationer! Så skal jeg f…. ikke mere abonomere på den lorte avis!".

"Rolig nu!" skød Nielsen ind. "Vi kan jo ikke bare lave et Vermittlungsverbot fordi nogen ikke bryder sig om, hvad der bliver skrevet. Det må du da også kunne se, eller?".

"Hvorfor ikke. Hvis det nu ikke passer, så kan det ikke være rigtigt, at du med din avis tillader, at det kommer i. Det er da dit ansvar som redaktør. Vi andre har jo ikke mulighed for at forsvare os, når vi først er hængt ud.".

"Du kan jo bare skrive et læserbrev, og forklare dig og dit firmas rolle!", replicerede redaktøren skarpt.

Han kunne mærke, at den her samtale, den var netop på vej til ikke at blive en dialog, og som det så ofte var sket før under den slags episoder, begyndte han allerede nu at tænke i, hvordan den kunne afsluttes hurtigst muligt.

"Vel, men, hvis vi ikke kan komme i en konstruktiv dialog vedrørende denne sag, jamen så mener jeg ikke, at det giver mening, at vi fortsætter denne samtale!".

"'Jamen, det er jo lige præcis det, der er problemet", svarede Johnsen. "Den angrebne part må bare affinde sig med, at blive skudt på!".

"Nej, som nævnt, du er fri til at skrive et læserbrev. Og jeg skal gøre mit for, at det kan komme i. Men jeg kan og vil ikke love dig det!".

"Vil det sige, at man bare kan svine en anden til, uden af kunne tage til genmæle? Det er ikke fair!".

"Nej, men det er der så meget, der ikke er.". Og her kunne redaktøren ikke dy sig: "Det er for eksempel heller ikke fair, at jeg som skatteborger og vælger må acceptere opsætningen af titusindvis af overvågningsdimser. Du ved lige så godt som jeg, at halvdelen af befolkningen, mindst, er imod!".

Der blev et kort øjeblik stille i den anden ende af røret, og så kom det i stakkato: "Det er da en helt anden snak, og jeg mener faktisk ikke, at du kan tillade dig, at blande dig ...".

"Tillade mig ... Jeg har nærmest en pligt til det!". Redaktøren kunne mærke, at han nu blussede i kinderne, og skulle passe på, at han ikke fik sagt noget, som var uklogt eller uprofessionelt. "Ja, jeg har pligt til det – og du har pligt til, hvis jeg må være så fri, til at forsvare dig. Hvis præstens ord ikke er rigtige, jamen så har du jo også en lovgivning i ryggen, der kan trække ham i retten. Vi kalder det injurielovgivningen, hvis du skulle være i tvivl!".

Nielsen mærkede, at hans ord blev mere og mere sammenknebne i munden, men han gad ikke denne form for angreb, for så ubehjælpeligt det end var, så var det et angreb på folks ytringsfrihed. Manden i den anden ende var jo ikke en hvem som helst. Så vidt han vidste, så var han venner med kommunaldirektøren. Han havde i hvert fald set dem ude på golfbanen i en festlig sammenhæng, og fra andre kilder vidste han, at de to og andre topfolk i kommunen jævnligt mødtes. Om det var i VL-sammenhæng, Rotary eller andet vidste han dog ikke. Så han var noget træt af, nu over telefon, at skulle være modpart i et magtspil, derfor lagde han an til at slutte af:

"For øvrigt, så kunne du jo, når du nu er i telefonen, oplyse mig om, hvorvidt det er rigtigt, at borgmesteren har fået en gave af jeres firma? Vi, og redaktøren lagde tryk på "vi", har her på redaktionen fået information om, at det drejer sig om en ikke ubetydelig gave. Er det rigtigt. Kan du af- eller bekræfte det?".

"Hvad f..... bilder du dig ind. Hvor har du det fra?".

Redaktøren kunne mærke, at magtforholdet med ét var vendt 180gr. og erfaringen sagde ham, at nu skulle han bare tage det helt roligt, hvilket han så gjorde.

"Vi oplyser aldrig vore kilder. De forbliver i mørke. Men jeg kan sige så meget, at vi opfatter det som en ganske pålidelig kilde.". Han fortsatte med en trumf: "... og kilden siger, at den kan dokumentere sin viden!".

Der blev nu mærkbart stille i den anden ende af røret og så rømmede Johnsen sig:

"Jeg ved ikke, hvad det er du har fået fat i, men jeg har ikke noget at tilføje, og det var sådan set heller ikke det, jeg ringede om. Det var omkring præsten. ... .".

"Den må du tage med ham. Skriv dit svar. Så vil jeg undtagelsesvis nu love dig, at du får det i – selvom det klart strider mod avisens principper om ikke at favorisere nogen eller nogetsomhelst. Vi ser udelukkende på den journalistiske kvalitet. Jeg diskuterer ikke, aldrig, de personer, der skriver. Jeg forholder mig til indholdet, klarheden og relevansen! Og her har vi en opfattelse, at præsten klarer alle dele flot! Jeg er sådan set flintrende ligeglad med om han er præst, pave eller leger pingvin i sin fritid. Vi ser om tingene hænger sammen. ".

"Jeg kan godt høre, at du ikke vil gøre noget ved det her ... ." sagde Johnsen.

"Jamen, mail – så ser vi på det!".

Karl Nielsen kunne høre, at samtalen blev afbrudt, og det havde bestemt ikke været akkompagneret med muntre toner. Det var efterhånden blevet så almindeligt. Folk blev langt hurtigere fornærmede i dag, og den udvikling havde taget til over de seneste 10 år. Man fandt sig ikke i noget, og der var kommet en kendetegnede mental smålighed ind over mange folk, en art villet intellektuel begrænsning, der måske blot var en erstatning for en dårlig samvittighed. Han kunne forstå det, hvis det drejede sig om lille Gerda, bistandsklienten, eller en anden af de små i samfundet. Når de blev trådt på, ja så var det forudsigeligt, at de reagerede som de gjorde. Dem var han nu ikke så bange eller bekymrede for. Faktisk så var, eller havde det i det mindste været, mediernes opgave, at passe på de "små".

Desværre var der også her sket en forskydning i mediedækningen - i retning af, at man hver især måtte klare sig selv. Redaktøren vidste, at der var fordi hovedparten af alle medier – de var ejede af kapitalinteresser. Ind på redaktørkontorerne var kommet – folk med forstand på penge og med ringe interesse i sociale forhold. Og, hvis de interesserede sig for det sociale, var det som regel et led i deres markedsføring. Politisk hældte de fleste mod højre. Han krummede tæer, når konkurrenterne højlydt bedyrede, at de var 'Den Frie Presse'. Vel var de ej – de skulle kapitalisere profit og – være den borgerlige lejrs forlængede presse! Deres magt var enorm og i Italien havde de haft de en præsident, der helt udenfor moralsk kategori havde skrabet alle informationskanaler til sig. Det var en utællelig mængde magt, der var blevet samlet ét sted. Selv var Karl Nielsen redaktør for den eneste tilbageværende, og som han selv kaldte det, rigtigt farvede avis. Og han mente ikke bare farven rød, men en avis, der faktisk forsøgte, at få alle nuancer med. Sort, rød, grøn, gul – det hele. De var finansielt ved opstarten for 113 år siden blevet begavet af en finansfyrste, der var rejst til USA og havde tjent enorme summer på jernbanedrift. Han havde på et tidspunkt solgt alt og ville gerne donere en taknemmelighedsgave til sit gamle fædreland, og en stor sum af salget skulle så dedikeres til noget, der "...*kunne gøre gavn i al fremtid og som samle folket!*". Her var han så kommet til at tænke på, at en avis kunne generere en sådan opgave og så blev pengene kanaliseret over i en fond, hvor der sad en 5 mands bestyrelse. Hver person var håndplukket og ét af kriterierne for at sidde i denne bestyrelse var; visdom. I vore dage lød det mest som noget halvt nyreligiøst eller noget med økonomi, men dengang, da vidste man godt, hvad det indebar. Det var lykkedes fonden at akkumulere deres formue og kontinuerligt finde og håndplukke kloge folk og det betød ikke nødvendigvis professorer. Derfor var redaktørens avis i en forstand fri, men ikke mere fri, end at opgaven var bunden; levering af objektivt belyste historier.

Det var den frihed, som redaktøren nød. Han var et musisk menneske, så han havde gehør for de lag i tilværelsen, der udfordrede os. Præsten var eksponent for et sådant lag og det kom til udtryk i de læserbreve han skrev. Det var ofte, at redaktøren ikke var enig med præsten, men i det seneste læserbrev – da måtte han tage hatten af for modet. Han vidste godt, helt objektive var de ikke på avisen. Det var også naivt, at tro på en sådan højt over alle de andre erklæret objektivitet. Selvfølgelig tog de mest de læserbreve i, der have fynd og klem og en vis grad af intelligens bag. Derved blev de også på en måde partiske. Af og til tog de også "nitterne", men ikke gerne. Landsbytosser hørte med med, men de kom ofte til at forplumre, hvad sagen egenlig drejede sig om. Ingen tvivl om, at de gerne ville, men der var forskel på at ville og evne. Så var det noget andet med ham præsten, og især denne gang, hvor hans læserbrev nærmest stemte overens med, hvad der "tilfældigvis" var dukket op på redaktionen. Supervision A/S havde givet en gave til borgmesteren. Der var ikke tale om en kuglepen eller en buket roser til 150,-. Det var meget mere sofistikeret. Skjult. Og disse oplysninger, havde de da tænkt sig, at forfølge, selvom det helt sikkert ville give røre i byen med risiko for, at andre også ville blive berørt. For det handlede jo om korruption. Storkorruption med mange aktører, deriblandt også såkaldt ganske almindeligt pæne mennesker. Så det var ikke så mærkeligt, at Johnsen var blevet provokeret af præsten. Utroligt, at han prøvede at lægge pres på avisen og så alligevel ikke. Det var jo tendensen i samfundet. At dem med magt, penge, de trynede dem med mindre magt. Sådan havde det historisk globalt på de lange linjer altid været – men Danmark havde fra 1849 og frem egentlig haft en særegen fantastisk lighedsideal, som landet kunne være stolte af, men nu var den under kraftigt angreb. Det kunne han se særdeles klart fra sin post. Mange følte også, at samfundet var blevet helt uoverskueligt, det gjaldt ikke bare ældre og førtidspensionister, men også unge. De stod i så mange valg, valg, valg. Konstant. Og det tyngede mange og efterlod spørgsmålet; hvordan vælger jeg det rigtige. Den udfordring var endnu mere vanskelig eftersom "det rigtige", et andet ord for sandt eller bedst, var gjort til et individuelt projekt, og dermed i betydning skiftede konstant. Derved var folk i dag meget ensomme i et hyperkomplekst samfund. De stod mest alene med deres udfordringer. Velfærdssamfundet var under kraftig afvikling og igen så man det private tage over. Det blev det sjældent bedre af, det øgede blot uligheden og – uretfærdigheden. Det var da uretfærdigt, at fattige folk, der stadig betalte skat, ikke selv kunne få behandling på et sygehus. Den ordning var indført forrige år, maskeret som en kraftig øgning i form af brugerbetaling. Jo, Karl Nielsen vidste, at for mange var livet i dag ganske uoverskueligt og det var i sig selv egentlig paradoksalt med de mange hjælpemidler der fandtes.

Han mente at vide, at dette var en af grundene til den overfladiskhed han kunne se udfolde sig i TV. Folk, i et sådant samfund som dette, havde ganske enkelt brug for stimulanser, til at døve deres følelser samt modtage særdeles enkle svar på udfordringer. Denne overfladiskhed udløste også den hurtighed, hvormed tingene foregik. Det var som om man var bange for stilheden. Der var ikke megen tid til refleksion, man var allerede i tanken på vej til næste og næste og næste projekt. Mange kunne ikke følge med – men var jo tvungne til det alligevel.

En journalist på avisen havde undersøgt "helse-tilstanden" i befolkningen. Det så bestemt ikke godt ud. Over halv million mennesker fik antidepressiva og ca. 100.000 mindre angstdæmpende medicin. Måske var det derfor, at så mange søgte mod enkelthed i dag. Man var træt af den higen efter et elitesamfund med kun plads til ganske få i toppen. Nielsen kunne ikke lade være med at tænke. Det som præsten egentlig gjorde, var det ikke bare, at angribe dette vanvid af et Babelstårn, hvor der til sidst kun kunne være plads til en ganske lille skare? Så kunne man da sandelig tale om, at kun den stærkeste havde overlevet. Var det ikke sådan et samfund som vi var på vej til? Med udstødning af alt det vi ikke kunne lide? Fremmede, indvandrere, handicappede, gamle, unyttige … .Og hvor den professionalisering af samfundet, der skete, kun skulle tjene som skalkeskjul for en retfærdiggørelse af det perfekte, hvor penge, ikke mennesker, betød alt? Derfor havde mange amatørforeninger nu trange kår. De lugtede for meget af stilstand, og kunne ikke konkurrere på glitter. I professionelle systemer var mennesket efterhånden blot et ting, et nummer, et redskab for eliten. Her på bladhuset leverede de også en professionel indsats, men de ville til enhver tid hævde, at professionalismen aldrig i selv var målet. Det var derfor, et af deres ufravigelige nedskrevne principper var, at lade "de skæve" komme til. Især dem, de var uenige med. Der skulle blot bagved "de skæve tanker" være en god portion fornuft. Det var dét som demokratiet havde gavn af. Derfor hed avisen også "Demokraten".

Karl Nielsen pillede ved musen foran sin computer. Skulle han begynde at skrive den leder han vidste ville give ballade eller vente og konferere med sine nærmeste medarbejdere? Den ville give noget mere støj end præstens skriverier, eftersom han sad i en anden position. Ligesom præsten var han godt og grundigt træt at den lovgivning, der havde gjort det muligt, i en hidtil uhørt grad, at overvåge og kontrollere befolkningen. Selv når han kørte ud af en fjerntliggende ensom landevej, havde de hængt en videokasse op. Det var vanvittigt. Først havde han tænkt, det var for at kunne hjælpe ambulancen. Senere var det gået op for ham, at ude i yderområderne, var det jo gavnligt med at kunne kontrollere hovedvejene, *hvis* eller når, banken blev røvet. Så kunne øjet følge en.

Den side, kombineret med forlydender om en særdeles kraftig overskridelse af rådhusbyggeriet, gaven til borgmesteren og så Johnsens opringning var de afgørende incitamenter til, at der nu måtte begyndes en åndelig modoffensiv. Han vidste godt, at de ikke var mange. Og dem, der var, var typer som præsten med risiko for at få etiketten 'gal', blot fordi de tillod sig at være kritiske.

Selvom redaktøren ikke på nogen måder var troende, kom han til at tænke på David og Goliat, som han havde hørt om i Folkeskolen. Og var det ikke sådan, at det faktisk der var den undertippede der vandt? Det gav ham på en mærkværdig facon ro til at gennemtænke strategien for den kommende uges overskrifter som han senere på dagen ville delagtiggøre sin stab i.

Nielsen satte sig til rette i redaktørstolen, satte sine briller ned på den yderste næsetip, og begyndte at tippe de første linjer til overskriften med sin to pegefingre, men standsede igen; jo, det var nok bedst, en gang til, lige at vende sagen med sine nærmeste medarbejdere, og måske de to journalister, Ebbe og Niels, der var sat på opgaven. Det kunne også godt vente til på mandag, så fik han også selv lige lejlighed til at reflektere over det videre forløb. Han trykkede på samtaleanlægget:

"Ulla, øh, vil du lige hente de mapper med rådhusbyggeriet og mapperne med strengt fortroligt fra i år og forrige år. Du tager bare alle sager i mappen med. Jeg skal bruge dem om 5 minutter. Tak. Og vær sød, lige at tjekke og booke, Ebbe og Nielses, samt Sofies og Franks mødekalender. De må gerne, allesammen, møde inde på mit kontor, fra mandag morgen til et lukket møde. Angiv, så de ved, hvad det drejer sig om, at det drejer sig om borgmester-sagen. Og ellers, god weekend til dig, når du kommer så vidt!".

Karl Nielsen rejste sig fra sin stol, og gik ned op på loftet, hvor han havde sit eget lille arkiv, gemt i en sikker værdiboks.

Hjemme hos Borgmesteren

"Beeent, Beent. Har du set, hvad der står i avisen? Det er ham, den der sorte formørkede betonfundamentalist, der skriver igen …".

Konen råbte på borgmesteren, mens han stod i brusebadet. Han rakte ned efter sæben, der var smuttet ud af hænderne på ham, og kunne konstatere, at udsigten ned til tæerne efterhånden var blevet udfordret af en voksende mængde vellevned og x antal receptioner. Faktisk kunne han slet ikke se sine tæer mere.

Før sin karriere som toppolitiker havde han været cykelrytter, amatør, og havde været inde omkring landsholdet, hvor der så på et tidspunkt kom et brev fra et udenlandsk hold, der ønskede at engagere ham. Det havde han seriøst overvejet, og følte sig også fristet, men havde så alligevel afslået tilbuddet. Selv med talent - kunne han så undgå at ende som et kemisk forsøg, hvis han skulle helt i toppen? Han havde sidenhen moret sig kosteligt, når han hørte professionelle cykelryttere udtalte sig om de havde taget ulovlige stoffer, hvor svarene lød;

"… og jeg er aldrig blevet testet positiv".

Samme tone lød fornylig, da en talentfuld rytter med de største opspilede bambiøjne man kan forestille sig sagde;

"… og jeg har bare konkurreret på lige vilkår med de andre …".

Borgmesteren misundte disse sportsfolk denne evne til at kunne danse med pressen. Deres eminente evne til at formulere sig tilpas kryptisk, og så alligevel svare på spørgsmålet, måtte nærmest kunne afstedkomme en journalistisk Emmy. Han så for sig, at Christiansborg-politikerne udskiftede alle deres almindelige journalister og spindoktorer, og i stedet ansatte forhenværende ordkreative cykelryttere i deres stab. I TV-sportskanalerne var der jo mange af dem. Måske det var en ide for vores kommune, tænkte han. I første omgang at hyre en af dem til kursus med henblik på, hvordan takler vi udfordrende journalistiske spørgsmål. Sidenhen kunne de jo så ansætte en i kommunikationsafdelingen. De gjorde det i hvert fald godt.

Borgmesteren rakte ud efter sit håndklæde og tørrede sig grundigt. Han måtte se at få noget gjort ved den mave. På den anden side, var det ikke det, man forventede af en borgmester? Nå, han måtte hellere komme ned til konen. Hun havde råbt noget angående noget skriveri. Hvad mon det kunne være for noget? Når man var borgmester kunne man jo ikke undgå, at der dagligt var et eller andet, der relaterede til – kommunen og dermed indirekte til ham. Han havde ikke ansvar for det hele i butikken, slet slet ikke. Det ville være komplet utopisk, at tiltro ham, at han vidste om alt, hvad der foregik, selvom han da måtte indrømme; udviklingen gik da i den retning, der muliggjorde en samling af alle data på få hænder.

Han så stadig sig selv mest som en kransekagefigur. Øverst og med den bedste udsigt og tættest på solen, hvad han havde rig lejlighed til at dyrke. Han tog sit tøj på og betragtede sig selv i spejlet.

Der var nogle begyndende små røde udtrækninger på næsen – joe, han måtte til at passe på. Det skulle jo nødigt komme til at hedde, at der går Borgmesteren med den røde tud. Evigt lysende for alle.

Bent gik ned ad trappen. Det var et ældre hus fra 1927 de boede i, fra perioden med 'Bedre Byggeskik' – en muremestervilla på 350 kvadratmeter, som de var glade for at bo i, og som de havde købt første gang, Bent var blevet valgt til borgmester. De havde benyttet byens håndværkere til at få huset istandsat fra kvist til kælder, og resultatet var unikt. Det var som om, at håndværkerne havde sat en usædvanlig ære i, at arbejdet hos dem blev gjort nærmest til et spørgsmål om ære. Og de havde været noget så medgørlige, høflige, servile og nærmest nejende. Ok, det sidste var måske nærmest overdrevet for håndværkere har vel ikke ligefrem ry for de finere manerer, men en del sandhed havde der nu været i det. Borgmesteren havde ved en lejlighed, hvor det næsten gik for megen flinkeskole og sleskhed i den, spurgt dem, om de ikke også næste gang kunne lægge den røde løber ud. Og han ville også gerne have nogle hvide nelliker som pynt i siden – og hvis de også gad at vaske bilen, så ville hans dag være fuldkommen.

Det var naturligvis ment som en morsomhed, men det var nærmest som om, efter de i første omgang havde storgrinet af borgmesterens ord, at servicen ikke blev ringere. Efterhånden fandt borgmesteren ud af, at når man havde en position i samfundet, så var det på ingen måde ligegyldigt, hvad man sagde. Jo større position, jo større betydning. Sådan hang det bare sammen. Position og magt hang også sammen. Så derfor kunne de her stakler jo egentlig ikke agere anderledes. De vidste nemlig, at han havde en myndighed og beføjelser til nogle gode kødben. 'Kødben' vil sige, adgang til lukrative kontrakter, hvor han sad for bordenden, når disse skulle underskrives. *Derfor* gjaldt det om, at holde sig gode venner med ham. I begyndelsen troede borgmesteren bare, at de lavede sjov med ham. Sidenhen forstod han, at det var en del af gamet; det handlede om, at man ville spise kirsebær med de store. Og han var stor. Dengang blot mentalt, nu også i fysisk forstand.

Så var der, det der med denne kryben hen ad gulvet som mange gjorde, når han ankom. Man kunne vænne sig til meget, og det havde borgmesteren hen ad vejen også gjort, så derfor hed det nu, fordi han var en officiel person, ignorering eller den kølige afmålthed. Humoren, den var blevet indskrænket til en begrænset inderkreds. På trods af det, syntes han selv, at han havde bevaret sin kerne. Borgmestertitlen var jo bare en funktion og en rolle, han skulle udfylde. Ligesom bankdirektøren, koncernejeren, skuespilleren. Han vidste ikke, hvorfor han lige kom til at tænke på skuespiller eller undlod at nævne kassedamen, men alle spillede jo en rolle, eller? Hvor fandtes det 'autentiske menneske', som så mange virksomhedskonsulenter agiterede for, endda med afsæt i lederens fornemmeste opgave, nemlig at være et *helt* menneske? En rollemodel havde konsulenterne sagt. Det er det en leder skal være. Ellers svigter han fatalt.

Bent var efterhånden nået ned ad trappen, var gået igennem stuen med det tilstødende køkken, og havde sat sig til rette i sin yndlingsstol med blomstermotiver. Der duftede himmelsk af frikadeller, og Martha arbejdede ihærdigt med maden, så han kunne se frem til 'noget' med en kryddersnaps, varm rødkål, nye kartofler, sovs og så de her fantastiske frikadeller, som Martha lavede. Ingen kunne lave dem som hende. Ikke engang, ja, som Bents afdøde svigermor tidligere havde lavet dem. Opskriften var egentlig helt ordinær, men pointen var; de brugte gas. Her lå hele hemmeligheden. Nogle af deres venner havde sagt: "aahh, det er da vist noget overtroisk sludder. Gas. Mon ikke de bliver ligeSågode med et almindeligt komfur!".

Og det havde medført en vældig diskussion hen over maden. Men efter et par glas rødvin eller flere, så havde vennerne som regel bøjet sig for fakta. Bent havde erindret, at han havde revet en artikel ud af en biblioteksbog, skrevet af en dansk mesterkok, der var uddannet på det mest anerkendte madinstitut i Frankrig. Den kok fortalte, at han altid kun brugte gas, når han skulle stege frikadeller. Bent hentede artiklen i sit herreværelse, og så kunne de sammen læse, at frikadellerne blev, med et eller andet utolkeligt fransk fagudtryk, letbrankede. Det mente de i hvert fald, at det måtte betyde. Og så grinte de, og det var jo også sjovt. Han kunne da bare have sagt; branket, men fint skulle det jo være.

Nu sad borgmesteren så i sin stol og lagde an til at læse dagens avis, som Martha sirligt havde lagt til rette ved det firkantede kakkelbord ved siden af ham. Kaffen var også parat – med lidt fløde i. Og sukker. Koppen var en termokop. Den var praktisk og kunne rumme 3 normale opfyldninger. Bent tog den første slurp, efter at have rørt i koppen med en ske, mens han sad med fødderne oppe på skamlen.

Martha og Bent havde fundet ind i en rytme lidt i stil med den gamle kaffereklame; *"mon kaffen henter sig selv"*. De levede i en verden fyldt med underforståetheder. Når de forklarede overfor hinanden, sagde de tit; "underforstået".

Det kunne være helt morsomt, at sidde og betragte, når forklaringen blev givet, forståelsesrammen pædagogisk uddybet, og tilføjelsen så kom; "underforstået". Det var nok i et forsøg på netop at undgå, at blive misforstået og derved opretholde en konfliktfri gnidningsfri zone eller måske var det bare en vane, der var kommet eller en form for sublim humor. Denne form for kommunikation havde de efterhånden bedrevet i 28 år, så derfor var der heller ikke noget usædvanligt i, at Martha henvendte sig til Borgmesteren og spurgte;

"Bent, skal jeg hente dine tøfler, underforstået, de brune og beige skotskternede nogen".

Hun vidste, at borgmesteren nød at havde dem på, især fordi, der godt kunne være lidt fodkoldt i huset.

"Ja, tak. Jeg læser lige, det du nævnte. Hvilken side står det på?".

"Det er under læserbreve, på side 13. Sæt dig hellere godt tilrette. Det er ham præsten. Tossen. Jeg ved ikke, hvad det er han har gang i. Gør du?".

"Nej, men det er det, jeg har tænkt mig at læse nu!", lød det mildt lakonisk fra borgmesteren. Han læste langsomt, meget langsomt præstens læserbrev igennem og noterede sig indholdet ned. Her kunne man i hvert fald ikke tale om – noget som helst underforstået … . Der var tale om et eneste langt ubehageligt frontalangreb med kraftige antydninger, nærmest som om de bare havde at tilstå. Vidste han mon noget? Han kunne sagtens forholde sig til præstens syn på overvågning og kontrol og rådhusbyggeriet. I princippet delte han faktisk synspunkt med ham – i praksis, var tingene, når det gjaldt politik, bare langt mere indviklede. Bent blev ikke ligefrem ked af det. Årene i politik havde hærdet ham. Men de evigt tilbagevendende insinuationer i læserbrevene. Han hadede dem, men måtte lære at leve med dem. Ellers kunne man ikke være i politik. Og med hensyn til kontrollen, ja så var det jo unægteligt også kommet dertil, at de nu selv privat havde fået installeret et kamera udenfor deres eget hjem kombineret med en indendørs tyverialarm og automatisk genkendelseskontrol, der var blevet lovpligtig. Man kunne jo aldrig vide. Personer, som præsten, kunne altid køre på frihjul, selvom han måtte indrømme; det var jo også en opgave, i princippet endda, et nyttigt arbejde, at skrive læserbreve og dermed tale Rom imod. En sidste højstemt skanse til forsvar for den måde landet havde etableret et demokrati på. Og det gjorde han, ham her præsten, det måtte han sige. En formidabel ordsnedker med et intelligent sprog og udsyn. Han brugte sproget eller måske var det snarere, at han lod sig bruge af sproget. Borgmesteren kunne godt se, at det faktisk gjorde en forskel, blot ikke helt hvilken. Nå, borgmesteren sukkede, nu bliver man vel nødt til at skrive et svar eller måske kan jeg få min stab til at skrive, men hvor er det træls, at ens weekend skal begynde med noget sådant bøvl. Præsten mere end antydede, at der skulle være tale om, at vi sad i lommen på de firmaer, der lever af at sælge os tryghed.

"Puuuh", lød det fra Borgmesteren, der tog en tår kaffe mere, og kunne mærke en varme stige op i kinderne. Det her, det bliver ikke nemt, men præsten kan umuligt kende til den aftale, den her fleksible aftale, som jeg har lavet med Supervision A/S. Så, hvordan kan han dog få tanken *sidde i lommerne på* .... . Jeg har aldrig siddet i lommerne på nogen. Han kunne godt høre, hvad denne sætning mindede ham om, men fortrængte billedet af en gammel kendis iført skriggul cykelhjelm. Der lå en stor opgave og ventede ham. Han kendte endnu ikke til redaktørens samtale med Johnsen, men om ikke så længe, så ville telefonen ringe.

"Skaaat, du siger puuhh, er der noget i vejen, eller skal vi spise nu?".

Bent svarede: "Nej, nej, alt er i orden, men det er rigtigt, ham der præsten – han er en skrivende djævel! Mage til bullshit, skal man godt nok lede længe efter. Nej, han er en fantast. En idealist på linje med den gamle Kaj Munk. Han gik også efter sandheden, men hvad er sandhed? Den kan man slet ikke tale om i en moderne verden, hvor en sandhed i dag er en løgn i morgen. Han er patetisk, uden sans for politik, fremskridt og håbløs!"

Bent vidste godt, at det sidste var notorisk forkert. En præst kan umuligt være håbløs. Det gjaldt nu nok mest ham selv.

"Jamen, så behøver du jo ikke at tænke mere på ham", lød det ude fra køkkenet. "Og nu er maden serveret med små 'tofler' til ...!", lød det kærligt og bestemt fra køkkenet.

Viceborgmester Plum

Det var ingen hemmelighed, at borgmesteren og viceborgmesteren ikke kunne døje hinanden. De havde derfor indgået et politisk fornuftsægteskab. Viceborgmesteren tilhørte et parti, der på landsplan havde en dedikeret fædrelandskærlighed, der grænsede til det overdrevne. I hvert fald, hvis man tilhørte det parti, som borgmesteren gjorde. Modsat Bents parti, hvor man nærmest dyrkede pragmatismen i alle ender og kanter fordi "det handlede jo altid i bund og grund om penge og ikke andet og alt er mest folks helt eget ansvar …", så fik den ikke for lidt hos 'de andre', som måske også dækkede over de anderledes, men hvor der alligevel var tale om mindst 15% af befolkningen, som i en eller anden grad sympatiserede med dem. Måske fordi juleplatter, Giro 413 og smørrebrød havde en særlig betydning for denne gruppe. Det havde til tider også givet ballade med udlandet. Især Tyskland havde, gennem forskellige embedsmænd, af og til, og helt sikkert med en arisk storebroders kærlighed og historiebevidsthed, mindet det danske Folketing om, at nu skulle "man" lige passe på ikke at lade de her smånationalister komme for meget til fadet. Det kunne godt gå hen og blive farligt, uden at de anonyme embedsmænd uddybede det, blot at de selv kun kendte alt for godt til, når partier som viceborgmesterens fik alt for godt vind i sejlene. Så var der ikke grænser for, hvad der kunne ske. Men når det var Tyskland, der talte, så vidste alle jo godt, hvad de hentydede til. Englænderne ville nok have udtryk sig lidt mere elegant, men ok – budskabet trængte over grænsen. Det havde gjort Viceborgmesterens parti fuldstændigt rasende. Hanne Plum, som viceborgmesteren hed, og som også sad i partiets hovedbestyrelse, havde gennem et folketingsmedlem, bedt udenrigsministeren om en forklaring, og debatten havde kørt på skyhøje skingerfyldte peaks. Problemet var, at ingen kunne finde afsenderne af det utilbørlige angreb, hvorefter sagen lige så stille gik i sig selv. Efterfølgende beklagede den tyske udenrigsminister 'angrebet', men sagde samtidig, at det jo var for at passe på, at historien ikke skulle gentage sig. Og så var det lige før at krigen var brudt ud igen. Fædrelandspartiet ville ikke finde sig i denne form for formynderi. Og da slet ikke fra tyskerne.

I dagligdagen var der ganske andre sager, der optog Hanne Plum. Som datter af en vestjysk fisker, var hun bekendt med, hvad det ville sige, at stå midt i stormen.

Godtnok havde hun aldrig selv været ude at fiske, men – faderen havde fortalt, hvordan det var, og så havde også boet tæt op ad Vesterhavet. Det var jo også en slags erfaring. Deres hjem havde aldrig savnet noget. Parolen havde været, når familien fra Sjælland godmodigt havde drillet, at her lugter da godtnok af fisk, at det er rigtigt men – det dufter mest af penge. Masser af penge, mange sorte, men de fleste hvide. Denne tilgang og tilværelsesforståelse hjalp hende i samarbejdet med Borgmesteren. Det var deres fælles omdrejningspunkt, for ellers adskilte hun sig nok i et og andet fra ham. Hvor han klædte sig kedeligt indtil det ukendelige, og næsten hvad tøjstil angår gik i ét med tapetet, der havde hun absolut intet imod, at komme i de smarteste pang-farver. Som en anden selvskabsløvinde, der kom anstigende med rotorblink og alarm, kunne hun i løbet af nul komma fem, bemægtige sig rummet. De altid Ferrari-røde negle gjorde også sit til, undtagen når hun lige valgte selvlysende neon-grønt eller bare sort. Bent havde på et tidspunkt formastet sig til at spørge, om hun ikke bare af og til kunne lægge en dæmper på hendes påklædning, eftersom 'nogen' havde påtalt det. De her 'nogen' var en kinesisk erhvervsdelegation, hvor et par af deltagerne havde tabt mælet, og dernæst håndtasken, da de så Hanne komme anstigende iført meget høje hæle, en udefinerbar fjerpyntet ret så nedringet selskabskjole, og en særdeles skinnende guldfarvet Gucchi-taske og læberne malet med en meget kraftig rød farve. Det virkede absurd, hvad det også var. Men det havde ikke på nogen måde forstyrret Hanne. Hun havde bare sat sig til bordet som om hun var midtpunktet. Hvad hun på en måde også var blevet, hvis ikke borgmesteren havde haft åndsnærvær nok til at bemægtige sig situationen igen. Han havde bedt oversætteren sige, at

”…ja, og her har vi så Hanne Plum, vi undskylder forsinkelsen, hun er vores viceborgmester og kommer vist lige fra en fest … ”, hvad hun jo ikke gjorde, men det ville kineserne jo nok aldrig finde ud af. Hanne Plum havde dengang lynet med sine sorte øjne over mod ham, men Bent havde blot ignoreret det, og tænkt; *Fingerspitzengefühl, min kære, Fingerspitzengefühl* ...... OG *situationsfornemmelse.* Mon man skulle tilbyde Hanne, samt som minimum et par andre ...., et kursus i det? Han kom selv fra en stor søskendeflok, og var vant til at skulle være rummelig, men det her, det overgik nok, hvad han hidtil havde været vidne til. Den søskendeflok havde lært ham diplomatiets kunst, og det var han dem taknemmelig for. Gad vide, hvor mange søskende Plum havde haft, eller om hun bare uanfægtet måttet dyrke sin narcissisme?

På en paradoksal måde var hun også kendt for at være mrs. Correct, nærmest diametralt modsat hendes evne til at gå på de bonede gulve. *Hvis* det ikke havde været *så* ekstremt, hendes selvpromovering, villet eller ej, så kunne Borgmesteren endda have haft sympati for denne slags optræden. Men den her korrekthed, mente borgmesteren, måtte dække over noget knap så pænt. Det kunne ikke passe andet. Hvorfor skulle hun være bedre end andre? Og ingen skulle bilde borgmesteren ind, at hvis man ønskede en lederrolle, viceborgmester, så gik man rundt og var et uskyldigt lam. Næe, så ville man magten og hvad der fulgte med den.

At hun så, i borgmesterens øjne, var hamrende inhabil, var noget, som han – i den politiske freds navn – havde valgt, at gå stille med. Hun var gift med kommunaldirektørens fætter, der bestred en post som chef i Teknisk Forvaltning. Og ganske rigtigt, så var Hanne Plum ikke havnet på den post som viceborgmester bare fordi ingen andre gad. Sådan spillede klaveret ikke i politik. Faktisk så havde hun sagt til Bent, at hun ville have borgmesterposten, men den havde han ikke villet afgive, da de senest skulle konstituere sig. Så det arbejdede hun på, og det havde været en triumf, da hun mere eller mindre uforvarende, afhængig af hvilke øjne, der ser, havde åbnet borgmesterens nederste skuffe i jagten på en nøgle til arkivet. Det var sket en dag borgmesteren var i hovedstaden og derfor var der masser af tid til at læse det hun fandt.

Kære Bent!

Som du sikkert ved, jævnfør vores mundtlige uformelle dialog desangående, er det lykkedes os, at finde en konstruktion, der muliggør din deltagelse i vores Grækenlandsprojekt uden at der formelt kan tilvejebringes lovmæssige indsigelser mod det. Vores advokat oplyser, at, hvis du mundtligt giver os besked inden 5 dage, så kan vi via vores selskab i Schweiz, overdrage dig et ønske om en bekvem ferie i lukrative omgivelser, hvornår du skulle få brug for det.

Bedste hilsener

Pva "Supervision A/S"
Johnsen

Plum var målløs over, hvad hun så og undrede sig samtidig over den lemfældighed, hvori brevet var efterladt. Men hun kendte også Borgmesteren godt nok til at kende hans ofte forekommende ret så sløsede omgang med fortrolige papirer. Og denne egenskab må da i den grad her siges at have spillet ham et puds. Selvom hun umiddelbart følte, at hun måtte være dybt forarget, så var det her simpelthen for godt til at være sandt. Gefundes Fressen for en, der gerne selv ville fremad. Og det ville hun. Hanne gik ud ad borgmesterkontoret og hen til kopimaskinen og skyndte sig at sikre, at ingen så, hvad det var hun fotokopierede. Hun tænkte selv, at det her var hendes adgangsbillet til kejserstolen, som nu således i hendes fantasi, var på vej til at blive kejserindens.

Flere måneder efter, om mandagen, havde hun mødt borgmesteren på dennes kontor, hvor han havde spurgt; "Hej, har du set det læserbrev, som præsten, denne ubarmhjertige samaritan, har skrevet?".

"Nej, det har jeg ikke",

"Men det vil sige, du har ikke set noget i Demokraten. Eller hørt noget?".

"Nej, hvad skulle det da være?", kom det sjældent uskyldigt fra Plum.

"Jo, at ham der WILDfred, han påstår noget så absurd, at jeg skulle sidde i lommen på 'Supervision'. Det er vi vel enige om, at, hverken du eller jeg gør, ikke?".

Hanne Plum havde overhørt det sidste, "ikke". For sin egen del var hun i den her sag selv helt ren, men det var borgmesteren vitterlig ikke, så derfor undlod hun at svare. Hun spekulerede på, hvornår journalisterne ville begynde at afsløre, hvad de havde fundet ud af og følte, at hendes rolle som whistle-blower, nogle måneder forinden, næsten, ganske vist i det små lignede noget fra Watergate. Dog havde hun en forundring over, hvordan præsten havde evnet at formulere sagen så nær ved sandheden som den vitterlig var; nemlig, at borgmesteren var viklet ind i snavs i bedste mafia-stil. Var der ikke et eller andet med, at præster, i tidligere tider, på gamle testamentes tid, også havde profetiske evner ..... .

Hun huskede, at telefonen den mandag havde ringet, og at de var blevet afbrudt i deres småkonversation.

Borgmesteren havde sagt: "og, hvem er det, at jeg taler med", og da han derefter lavmælt ud i det store lokale gentog; "journalist Ebbe Thøgersen fra Demokraten ... .", havde han med et disket vink bedt viceborgmesteren om at forlade borgmesterkontoret, hvilket hun skævt smilende havde gjort.

Journalisterne Ebbe og Niels

Ebbe og Niels havde lagt sidste hånd på interviewet. Om fredagen havde de ringet privat til borgmesteren, og ønsket at få et interview angående hvorvidt borgmesteren kunne afkræfte, at have modtaget "en eller anden form" for ydelse i forbindelse med kontrakten med Supervision A/S. Borgmesteren havde venligt, men bestemt afvist, at ville udtale sig, og mente ikke, at det på nogen måder kom nogen ved, og at det var helt udenfor proportioner, og det havde han ingen kommentarer til.

Han havde også sagt til Ebbe, at;

"… hvis det er den nederdrægtige antydning som præsten nævner i sit læserbrev, at jeg skulle være i lommen på Supervision A/S, du hentyder til, så kan jeg fortælle dig, at jeg på ingen måder er klar over, hvad han hentyder til … Det … det …. ".

"Det er det ikke", afbrød Ebbe, der fornemmede, at Borgmesteren var i gang med en slags forsvarstale. "Det er udfra en anden kilde, som vi gerne vil bede dig om, at forholde dig til!".

Der blev stille i den anden ende af røret, og man kunne nærmest høre borgmesteren tænke, hvorefter det med en ganske let skælvende stemme lød;

"… og, og, hvad er det så for nogle kilder?"

Ebbe svarede: "Det kan jeg af gode grunde ikke komme nærmere ind på, blot, at de peger på dig som modtager af, netop, nogle ydelser. Kan du bekræfte det?".

"Jeg kan ikke bekræfte noget som helst, hvad er det du insinuerer?", lød det nu skarpt fra borgmesteren.

"Jeg insinuerer ikke! Jeg forsøger blot at give dig mulighed for, at fremlægge din version af sagen med henblik på de her ydelser …", fortsatte Ebbe.

"Der er ikke nogen sag. Overhovedet. Jeg ved ikke, hvad du taler om. Og nu tror jeg, at jeg venligst vil bede dig om, at afslutte denne samtale. Tak.", lød det kort fra borgmesteren, hvorefter han lagde røret på.

Ebbe og Niels kiggede på hinanden. Samtalen, eller hvad man skal kalde den, var gået som forventet. Det var ikke fordi Bent, borgmester Bent Jensen, var specielt anderledes end andre personer i hans position. Slet ikke. Tværtimod, så kendte journalisterne og andre godtfolk ham egentlig kun som den joviale, altid glade og særdeles udadvendte personlighed, der havde en enestående evne til altid, at komme med en kvik rammende bemærkning. Men her i dette opkald, svigtede charmen. De havde ramt en særdeles øm storetå. Måneders research, efter at de havde modtage fotokopien fra en ubekendt kilde og nogle ture til Grækenland, havde givet dem kendskab til 'den bekvemme feriemulighed', som der stod så smukt beskrevet i dokumentet. Virkeligheden var, at borgmesterens 'deltagelse', handlede om en sindrig arrangeret overdragelse af et luksusferiekompleks i Grækenland i kompagni med en del andre lokalt forankrede personer. Der, i det græske ferieparadis, var der ingen kontrol fra myndighedernes side, eftersom begrebet Skattekontrol, var en by i Rusland. Ebbe og Niels havde fundet ud af, at mange virksomheder i EU havde gavn af denne tilstand. Her kunne man parkere diverse overskud uden at nogen blandede sig, og lave sindrige fiktive selskabskonstruktioner, der nærmest krævede en afkodningsmaskine. Det var endda sådan, at disse konstruktioner, gennem milliard EU-tilskud, blev understøttet fra Bruxelles. Så skatteborgere i EU-området, betalte dyrt for disse arrangementer, som også EU-bureaukraterne havde gavn af. Derfor blev der ikke gjort så meget ved det problem, som kun blev et problem, og sikke et, gennem en dansk kommunalpolitikers venlige indiskretion, der kun handlede om selv at komme til fadet. Hun var sikkert ikke klar over, hvad hun egentlig havde sat gang i.

Ebbe og Niels var stolte over, at arbejde på en arbejdsplads, hvor de havde fuld opbakning til deres kommende afsløringer. Deres redaktør var den ypperste repræsentant for ytringsfriheden, og det grundede sig på denne dansk-amerikaner, der havde lagt grundlaget for, at de kunne agere frit. Ham sendte de en venlig tanke og ønskede, at deres konkurrenter kunne have de samme vilkår; virkelig at være frie for, frem for at skulle tænke på om deres avis var lukningstruet og derfor havde økonomien som hovedparameter for deres skriverier, mindre, hvad der var sandt. De var klar over, at der fulgte et voldsomt ansvar med denne frihed, nemlig at lave et gedigent stykke journalistik. Derfor var der også kort snor til de medarbejdere, der lavede sjusk og sprang over, hvor gærdet var lavest. Det ekskluderede en hel del af journaliststanden for at få job på Demokraten.

Her, på dette punkt, angående seriøsitet og evnen til ikke at lefle for nederste fællesnævner, var de stokkonservative, ligesom den tradition, der indebar en årlig intern stemmekonkurrence om "årets vittighed". Til den anledning, havde hver afdeling ansvaret for, 12 gange om året, at hænge deres bud på en griner op foran væggen til redaktør Karlsens kontor, for, som han sagde;

"her skal der hænge noget sjovt, hvad dag. Der er nok at græde over … ", og i den ånd, blev den ene tørre vittighed efter den anden hængt op.

Niels så på de fotos de havde taget af ferielejlighederne. De så godt nok eksklusive ud, tænkte han. Men, hvad mon borgmesteren siger, når vi på mandag ringer ham op igen, og forelægger ham de her ting? Vil han mon stadig ikke i dialog. Han må i hvert fald have fået noget at tænke over her i weekenden. Kan være, at han kontakter de andre i kommunen, der også har fingrene nede i honningkrukken.

Niels henvendte sig til Ebbe; "skal vi gå ned og få en øl på den lokale?".

"Ja, det kan vi godt. Jeg skal lige have afsluttet det her, så kan vi gå. Og så vil vi på mandag tale med Karl på redaktionen og aftale den videre strategi. Det bliver en spændende kommende uge!".

"Ja, for nogen mere end andre …!", rundede Niels af.

Den pensionerede Afghanistankriger

Der var ikke blevet fejet i årevis i den lille baggård, der lå hengemt bag et tidligere mejeri. Ingen gennemsnitlig blåøjet dansker med sit på det tørre ville nogensinde se andet end en gård, der lugtede af gammelt affald, en udlejers grove forsømmelser og stedet, hvor unge mennesker pissede på vej hjem fra byen.

Anderledes var der heller ikke indenfor i den lejlighed, der blev beboet af Hans Birk. Det lysbrune hessiantapet havde set sine bedre dage og det var længe siden. Vinduerne kunne også trænge til udskiftning, i hjørnerne var der råd, men det var Hans Birk i bund og grund bedøvende ligeglad med. Om det var vinter, efterår, sommer eller hvad det kunne være, så stod det ene vindue i køkkenet altid piv-åbent med radiatoren tændt. Det bekymrede ham ikke så meget, han var nærmest ligeglad, og gad knap nok rejse sig. Kun når hjemmehjælperen kom på besøg, orkede han at løfte sin dovne krop fra den sofa, der de seneste 3 år var blevet hans kæreste eje. Han gjorde det kun fordi det gav mindst besvær.

Hun var den direkte type, der kunne finde på at sige; "Rejs dig nu op, dit dovne apparat!", hvilket han i begyndelsen som en refleks fra eksersitsen prompte adlød. Senere, da hun havde været der et par år, havde han udøvet sin form for at være pro-aktiv, fordi det gav mindst bøvl og trods alt viste en vis form for overskud.

Egentlig savnede han nu hendes styrende facon, så han overvejede om han skulle gå tilbage til ladheden, der i hvert fald kunne være sikker på én ting – reaktion. Men mest savnede han det, fordi den mindede ham om sin tid som soldat. I Afghanistan. Der havde han også haft en kvindelig overordnet, der faktisk kunne være mere led, udsøgt sofistikeret chikanerende og grovkornet end de mandlige. Det måtte man bare ikke sige højt – så blev det kaldt diskrimination, selvom hun virkelig, bare helt enkelt, havde været et umernérligt dumt svin.

Derude i felten havde de lært at overleve. Bogstavelig talt. Taliban var ikke spejderdrenge, der sang lejrbålsange fra højskolesangbogen, ristede pølser eller var bare i nærheden af, at have sådan en interesse. Og slet ikke pølser. De var bestialske, stolte og hårdføre og ingen, ved sine fulde fem, ønskede at blive taget til fange af dem. Så hellere … . Hans tog en gammel kiks, der lå foran ham på sofabordet. Det var fyldt med alt muligt. Ugeblade, cigaretter, askebægre, 4 fedtede dog nyere mobiltelefoner, 7 lightere med billeder af nogle damer på, 5 forskellige slags sodavand, åbnede chipsposer, en gammel lunken øl, 2 kaffekopper med et par skårede kanter, en buket halvvisne tulipaner, indtørrede teebreve, en smøg skoddet ved siden af et fyldt askebæger og et vækkeur med Liverpools logo. Men nu kom hjemmehjælperen jo snart igen, hvad hun gjorde hver uge, og så kunne det jo blive fint igen. Han var i bund og grund ligeglad, men når kommunen nu gerne ville hjælp, jamen, så .... Derude i Afghanistan havde de trænet i alle mulige former for worst cases – også at blive taget til fange samt leve på minimum rationer. Det var hårdt. Især, hvis man ikke fik vand nok, og måtte rationere det. Ingen kunne gøre sig begreb om, hvor varmt det kunne blive i Afghanistan – og, hvor koldt om natten. Det var umenneskeligt og udtryk for nogle utrolige modsætninger.

Sådan så han også sit liv nu 3 år efter den forfærdelige hændelse, hvor de havde kørt patrulje, og var blevet ramt af det alle ønsker at undgå; en vejsidebombe. En af de rigtig kraftige, der kostede 3 af hans soldatervenner livet og ham selv – begge ben, tre-fire fingre, lidt af øret og det ene øje. I et nu var han blevet en stakkel, en taber, der kun kunne håbe, at samfundet tog sig af ham, når han kom hjem. Det havde martret ham på hospitalet, hvor han lå og tænkte på sin fremtid i en kørestol. Hvad skulle der dog blive af ham? Et ungt menneske lænket til en spasserjeep – og et hurraah for Dannebrog. Da han var kommet hjem, havde militæret, sundhedsvæsenet og de sociale myndigheder i begyndelsen hjulpet ham rigtig meget. Han fik uden videre, tilkendt genoptræning, psykolog samtaler, fysio- og ergohjælp, massage, smertehjælp, glasøje, bandager, kørestol, ja alt det, der hører til for at afhjælpe de væsentligste handicaps, hvor personalet omkring ham gjorde alt for at få ham til at tænke pooositivt, herunder, at fortælle ham; du skal lære ikke at se dig som handicappet, men som en person med andre funktionsmuligheder.

Det var nærmest en hel pakkeløsning, forkreeret og gennemtænkt til lejligheden, syntes han. Han havde kun noget at sige om lejligheden, han havde fået tildelt. Den kunne såmænd godt have været bedre. Men efterhånden var det som om, at kommunen nu, efter de indledende manøvrer, havde fået ham parkeret på en hylde, hvor de ikke længere behøvede at gøre det store. Vel fik han da hjemmehjælp, men det var så også det. Andet kunne han ikke hente i kommunen, og slet ikke menneskeligt samvær. Der måtte han selv gøre en indsats – og det kneb det gevaldigt med, derfor tog han lykkepiller, endda flere end dem lægen udskrev. De var nemme at få fat i. Han havde oplevelsen af, at de seneste to år, hvor der var blevet færre penge i kommunekassen, der var der blevet endnu mindre tid til den rene og skære samtale. Irene, som hjemmehjælperen hed, gjorde virkelig sit ihærdige forsøg på, nærmest i reveillestil, at blæse ham op samt være effektiv. Det sidste havde hun fået særlig instruks om, mindre nærværet. Men, hun var der jo så kort og – så var hun faktisk også betalt for det. Det gjorde ligesom en afgørende lettere kompleks forskel, som der ikke var ret mange i kommunen, der ville indrømme. De gjorde jo bare deres arbejde, og hvad skulle de også gøre uden alle deres klienter.

Da han var kommet hjem fra Afghanistan, efter det lange ophold på Rigshospitalet, lå der et brev fra udlandet til ham. Han havde kigget bag på konvolutten, og kunne se, at den kom fra Brasilien. Såvidt han vidste, kendte han ikke nogen derfra, så stor var forbavselsen, da han læste, hvad der stod på engelsk og som han i hovedet simultant oversatte til dansk:

Han kunne endnu huske, hvordan han sad i kørestolen og næsten mistede pusten, selvom han dengang ikke på nogen måde var klar over brevets potientiale. Sidenhen havde han fundet ud af, at denne onkel, var mere end en onkel, og at han havde været en absolut familiehemmelighed, man ved deres sammenkomster netop bare havde omtalt som en fjern, fjern slægtning, ikke nogen, der havde med dem at gøre, sådan da. Bare en man kaldte 'onkel'.

Hans Birk var vokset alene op med sin mor, men havde aldrig fundet ud af, hvem faderen var. Det ville hun under ingen omstændigheder komme ind på, blot at der var tale om en enkelt 'affære', der ikke endte helt som hun havde ønsket, og - at de havde set hinanden en uges tid – og det var så det, og så rejste han væk.

Langt væk. Og det kunne jo også bare have været til Sverige. Mere fik Hans aldrig at vide, selvom han syntes det var mærkeligt, men nu kunne han jo godt begynde at lægge to og to sammen. Kunne det tænkes, at onkelen var … .

Fakta var, at det brev var en ufattelig mængde penge værd. Hans havde arvet 25 skibe, et brasiliansk rederi, 250 boliger i USA, 16 boligkomplekser i de 2 største byer i Tyskland og 75 ferielejligheder i Grækenland samt en anseelig pengeformue, der ville gøre ham til byens, ja måske en af regionens absolut rigeste personer. Han havde omgående sat sig i forbindelse med advokatfirmaet og sikret sig, at det ikke var en særdeles dårlig practical joke, og var således blevet oplyst om sin rigdom. Der var penge nok til at leve et liv i sus og dus i 1000 år eller mere.

Hans kunne ikke forklare, hvordan den tanke var opstået, hvorfor ikke tage alt det andet med, jeg også har fået, når nu lykken sådan tilsmiler mig. Derfor var myndigheder ikke på nogen måde blevet orienteret, og han havde strengt pålagt advokatfirmat fuldstændig diskretion. For den ydelse ville han gerne give dem lidt ekstra, men de skulle bare sørge for, at intet, absolut intet, kom til offentlighedens skuen. Fra den dag af var Hans 3 gange om året i Brasilien, hvor han levede livet med fuld dolche cabana, boede i nærheden af stranden og kørte promenadekørsel med sin lejede elektrisk kørestol eller privatchauffør gennem landet, hævede dollars og atter dollars, og smuglede resten med hjem til Danmark. Gennem tolden var det altid med et "nothing to declare" og et smil, der gik fra den ene mundvige til den anden. Tolderne kunne se, at der var tale om en krigsveteran, da der på kørestolen var påklistet flere militære Afghanistan-mærkater, og det lettede kontrollen. Folk troede, også hjemmehjælperen, at det var erstatningen fra militæret, forsikringen og samfundet, der muliggjorde de dyre rejser, og det kunne de for så vidt ikke have ondt af. At der altid holdt en dyr Bentleygrøn Range Rover i gården – det blev ignoreret som den gæst, der boede til leje ved siden af Hans. Når hun kørte med ham, var det vel bare fordi, de var naboer. Selvom det da selvfølgelig undrede en del, at en *så* dyr bil kunne høre til der, og at de kørte *så* ofte sammen. På et tidspunkt havde hjemmehjælperen spurgt på kommunen om det ikke var lidt mærkeligt, men hun var bare blevet bedt om at passe sit arbejde og ikke stikke næsen i folks private sager.

Med tiden følte Hans en snigende dårlig samvittighed. Hvad gjorde man ved en sådan? Det havde psykologen ikke noget ordentligt redskab til at gøre noget ved. Så var det, at han var kommet i tanke om, at de i Camp Viking havde haft en præst, der tilbød noget samtale, ikke noget psykolgisk damablads sniksnak, men noget andet. Og så var det, han var kommet til at tænke på deres egen lokale udgave af en sådan. Mon han kunne hjælpe i det her, at få lettet sin samvittighed? Kunne han også tillade sig, at henvende sig til ham, når han faktisk ikke troede ret meget på det med guder og sådan. Man kunne jo ligeågodt tro på nissemænd, Bruce Lightyear og trolde, der sagde bøh, eller? Han måtte indrømme, at havde det ikke været svært at tro før, så var det bestemt ikke blevet nemmere derude i combatzonen. Der havde de der afghanere det unægtelig nemmere. De røg direkte op til et harem, hvis de blev nødt til at stille deres træsko, nå nej lærredssandaler. Som om én kvinde ikke kunne give nok udfordring. Hende, han havde haft før sin udsendelse, havde i hvert fald ikke gjort tilværelsen nemmere. I combatzonen havde de oplevet forfærdelige ting, som han helst ikke ville uddybe, men som var en medvirkende årsag til hans mangel på fremdrift i dagligdagen, og at han også søgte andre stimulanser ude i byen. Det var dog ikke det, han ville tale med præsten om. Derude havde man jo bare gjort sin pligt, som så mange andre også gjorde det. Men der var nok nogle bomber, der var blevet smidt, nogle skud, der, var affyret med riflerne, der nok ikke burde … og som havde ramt forkert …, uden at han på nogen måder var direkte årsag til det. Man parerede jo bare ordre … . Men, det var bare ligesomom de billeder han havde af de begivenheder, de ville ikke forsvinde.

Hans havde set præstens læserbrev og kunne ikke være mere uenig, men derfor kunne man jo godt benytte ham til det, han fik sin statsfinancierede betaling for og – som inkluderede tavshedspligten, dét kunne Hans huske, at præsten i Afghanistan havde nævnt. Hans mente, at borgmesteren havde da gjort det glimrende, men selv stemte han på Fædrelandspartiet. De stod ufravigelig som garanti for, at landet ikke blev oversvømmet af de her sorte udlændinge, der bare kom for at nasse. Det parti forstod da at sætte grænser, og det var mere nødvendig end nogensinde før. Hvis vi ikke passede på, ville de komme og overtage vores land. I morgen ville han kontakte præsten, eventuelt over mail, og spørge efter en samtale. Hvis vejret var til det, kunne det måske komme på tale, undtagelsesvist, at trille en tur over mod præstegården.

Range Roverens sprødt rumlende motor lød i baggården. Nu var der wienerbasser igen, og søde Maiken ville komme på besøg efter at have været i banken. Så var der 'x-tra lønningsdag' igen, som Hans ugentligt havde fået for vane at udtrykke sig, og en god skilling for tjenesten til Maiken, der også var i gang med at etablere et møbelfirma med speciale i at servicere det offentlige.

Kære Hans Birk

Vi kondolerer for tabet af deres onkel Frederik Junker, der døde for tre uger siden. Han efterlader en arv, som vi har bedt det danske advokatfirma Reinhardt & Co A/S, om at varetage til deres bedste. Firmaet har et udlandskkontor i Brasilien, der normalt servicerer danske firmaer, men også er villig til at hjælpe dem. I testamentet er De opført som enearving. De bedes henvende dem til advokatfirmaet Reinhardt & Co A/S Galt snarest muligt.

Med venlig hilsen
Sociedade de Advogados
Jose O
Sao Paulo
Brazil

Kemal fra Kælderen

Wilfred sad og studerede skriften. Ikke på væggen eller andet, der stod med småt. Men det sted i verdenslitteraturen, hvor der står; øget kundskab, øget smerte. Der stod ikke det modsatte; øget kundskab, mindre smerte, men det var selvfølgelig også en gammel bog, han rodede med. I nogle tilfælde var det rigtigt, at jo mere man vidste, jo mere gavnlig var det. Han var da rigtig glad over, at dengang kirugen skulle skære i ham, vidste han nøjagtig med millimeters nøjagtighed, hvor kniven skulle placeres, bare som eksempel, men …, der var også et men. Viden var ikke alt, og det var på ingen måde populært, at sige sådan nu om dage. I sine 17 år som præst i sognet og byen – og som en belæst herre, der kunne mere end sit fadervor – måtte han sige, at viden sjældent tog højde for dilemmaer eller tilværelsens til tider ubarmhjertige favntag med den enkelte. Han mindedes, at han mere end en gang i sit studerekammer havde skreget:

"Videnskab – fortæl mig, hvordan jeg får trøstet den mor, der mistede sit barn i en trafikulykke. Fortæl mig det så, i stedet for at anklage Gud. Gud som du alligevel ikke tror på! Fortæl mig det – NU!!!. Hun kommer om 10 minutter. Og jeg ved ikke, hvad jeg skal sige til hende, jeg har ingen ord, forklaring,mening – og det har holdt mig vågen hele natten, jeg har ondt i maven af det. Ligger du også vågen og kæmper? Du siger jo, viden er alt! Er det så fordi jeg er for dum, selvom jeg har læst alt om emnet og mere til? Jeg anklager dig, videnskab – for din håbløse, ja netop håbløse, uvidenhed, for det du ikke kan give mig svar på!".

Wilfred vidste, at ordene, hvis de kom ham for øre, for den jævne dansker kunne lyde teatralske. Men han havde i alle årene som præst, mere en én gang om måneden, stået i situationer, hvor et dødsfald, menneskeligt set, ingen mening havde og, hvor han rent faktisk paradoksalt på trods af det meningsløse havde fået forøget sin viden. Wilfred var blevet klogere. Dødsfald efter dødsfald. Måned efter måned. Viden hos ham hed - erfaring. Menneskeerfaring. Den havde han tonsvis af, selvom den ikke kunne vejes. Og nogen gange havde det været sådan, at det *ikke* at kunne give svar på noget som helst og lade være med at begynde at forklare på det uforklarlige - det havde på den lange bane været det viseste. Videnskaben ville altid forsøge at finde forklaringer. På teologistudiet havde han lært, at alt var åben for fortolkning, men havde sidenhen haft det vanskeligt med at godtage holdningen hos den professor, der havde agiteret for denne værdi, som nu var udgydt til hundredvis af fungerende præster. Præster, som dengang var unge studerende, og som var moderlerbare som moderlervoks. Og det vidste professorerne. De unge var modeleret i deres hule hånd. Nej, professorene havde ikke haft ret i alt, og de vidste heller ikke alt; alting var ikke åben for fortolkning. Af og til blev forklaring det samme som bortforklaring.

En mors gråd siger alt.

Det er kun den feje, der ønskede afstand til sin næste, der kunne propagandere for en værdi, der hyldede den totale relativisme.

Wilfred knipsede et par gange med sin kuglepen. Det var en vane, han havde fået, en art kortvarig tænkepausesignal inden han fortsatte; hvorfor var det egentlig lige, at han var blevet præst? Kunne han ikke ligesågodt have valgt en helt anden vej? Politiker eller sælger, velvidende, at så stor forskel er der heller ikke på de to ting. Nej, han befandt sig godt med sit embede, og når han var blevet det han var, så var det vel fordi han i ungdommen var blevet betaget af, at høre om mennesker, der havde en sag, at kæmpe for. Der var en Grundvig, en Brorson, Ingemann og hvad de nu hedder og som med vore dages formuleringer var; kompetente. Åndskompetente, for at være helt præcis, tænkte Wilfred. Og netop at være kompetent på ånden, det var der godt nok ikke mange, der var i dag. Der fandtes ufattelig mange åndsamøber. I en undersøgelse, der var blevet foretaget for nylig, var der 92%, der mente, at allah og Gud, det var to sider af samme sag. Puuh, pustede Wilfred. Hvis jeg nu sagde det samme til min urmager; "er det ikke lige meget om jeg køber et Rolex eller tager det billige ovre i Føtex?", så giver svaret vel nok sig selv. Hvorfor vil det her lille land, så nøjes med den billige vare? Det var ham en gåde, men det måtte have noget at gøre med, at danskerne, bid for bid havde reduceret tro til et spørgsmål udelukkende om; dem selv og velvære. Det gav jo også en god del af forklaringen på, at landet så havde hengivet sig til et overvågningshelvede. Som han havde skrevet i læserbrevet; hvorfor var der ingen, det kæmpede for at få mistroen og mistilliden ud af det offentlige rum? Det måtte være fordi kristendommen ikke længere havde tag i folk. De små forsøg han som præst prøvede at gøre på at råbe folk op, håbede han i det mindste havde bare en snert af et vækkerpotientiale. Så vågn dog op, danemænd.

Wilfred kiggede på sit armbåndsur, som han var stolt af. Det var et amerikansk pilotur. En Breitling fra 1941 med store grønne selvlysende tal og en gammel læderem. Det var et arvestykke fra sin far, der havde købt det i London, 5 år efter slutningen af II verdenskrig. Efter den historie, der fulgte med, havde den oprindelige ejer, en amerikaner, været med på D-dag, hvor han, i en Mustang II, som en del af angrebet, fløj ind mod kysten og smed bomber mod bunkerne. Efter krigen, havde han indleveret uret til sin onkels pant-firma i London, men var aldrig siden dukket op igen, hvorefter det blev bortauktioneret. Det ur blev der passet på, og en gang årligt var der afsat tid hos urmageren til eftersyn, uagtet, at det fungerede perfekt. Det var nærmest helt rituelt, og Wilfred nød at stå i butikken og se optikeren tage bagstykket af, tjekke det, puste lidt med en puster, smøre tandhjulene, dreje på tappen, og lukke uret igen og sige;

" ... værsgo, så kører det igen ...!".

I det hele taget havde Wilfred øje for gamle ting og sager, ligesom den bil, han kørte rundt i. Indtil videre havde hun kostet ham en formue hos mekanikeren, men *den* bil, var bare *bilen* over alle biler, gudinen. Enhver med forstand på biler, vidste, hvad man talte om, når man benævnte bilen med det navn. Den var citrongul, som en fransk citrusmark, og den bil vendte man sig om efter.

Viserne viste lidt over middag, lige efter almindelig spisetid. Om lidt ville Kemal dukke op fra sit "flyverskjul", der var det ord de brugte for at tage lidt af alvoren af situationen. Som var alvorlig nok. Det vidste præsten kun alt for godt. Især fordi han gjorde noget, som rigtig mange danskere betragtede som en kriminel handling og som nødvendiggjorde, at han hver dag ved denne tid måtte låse hoveddøren. Wilfred erindrede, at mange også anså Jesus som en forbryder, men der var selvfølgelig en afgørende forskel, og det han havde gang i her, havde på ingen måde relation til noget missionærende. Det var en helt igennem humanitær indsats, noget som ethvert anstændigt menneske burde tage på sig, når andre mennesker var i nød. Og det havde Kemal været. Så derfor boede han nu hos præsten. Uden at andre end en absolut lille skare, hvoraf de fleste ikke kom i kirken, kendte til det. De havde henvendt sig til præsten, fordi de ikke kunne øjne andre muligheder og efterhånden var præsteboligen vel nærmest det sidste sted, uden automatisk indvendig overvågning, og hvor man kunne regne med folk. Biskoppen havde dog trods alt kæmpet hårdt for, at der ikke skulle overvågning over præstens bolig. Et helle, skulle der dog trods alt være i den systematiske kontrol over byen, ja over hele landet. Og det var man så, indtil videre, gået med til. Det betød, at man i præsteboligen ikke skulle gå gennem en scanner, der altid kunne identificere en og som gav besked til myndighederne, hver gang man gik ind i en hvilken som helst bygning. Følgen var desværre forudsigelig. Til enhver tid blev så netop præsteboligen genstand for mistanke.

Kemal var kommet op fra kælderen, og stod i døråbningen med uglet hår. Når han følte, at stemningen var til det kunne han finde på at sige ved sin entré;

"pas på, jeg har en bombe i min toilettaske, den sprænger om 5 minutter"

og så replicerede præsten:

"Ja, men husk lige, at betale for huslejen inden."

Kemal var muslim, tilhørende den mere moderate fløj. Han var flygtet fra Iran efter en intens jagt på ham igennem landet, fordi han gentagne gange tillod sig at kritisere styret og ønskede demokrati. Det blev man ikke populær af i Iran. Så efter at have betalt mange dollars og mistet kontakten til sin familie, kom han via Tyrkiet og Europa og havnede så i Danmark, hvor der blev søgt politisk asyl. Hvis han kom tilbage til Iran ville han dø. Så enkelt var det – bare fordi man var kritisk. Det havde en pris. Myndighederne i Danmark, havde afslået hans ansøgning og mente ikke, at det var farligt for ham at vende tilbage – han var jo sunnimuslim. Det var folks eget valg, og de kunne jo bare konvertere til "noget mere gangbart", så var det problem vel nok løst, og det havde slået bunden helt væk under ham. Som om det at være muslim eller frasige sig sin tro skulle kunne beskytte ham. For øvrigt, så fandtes der mange slags muslimer, ligesom der fandtes mange såkaldte kristne. Men fantastiske mennesker havde hjulpet ham. De havde – gennem forskellige private kilder – fundet ud af, hvad der stod på spil for ham. Og de var ligeglade med religiøse overbevisninger. De ønskede bare at hjælpe, så derfor havde de fundet vej til denne foreløbige mulighed for ham, nemlig at bo hos præsten, der beredvilligt stod klar til at hjælpe.

"Nå, Kemal, så skal vi have lidt at spise igen. Vær´så go´at sætte dig til bords! I dag skal vi vist have noget lækkert igen. Jeg er altså noget så stolt af min kone – hun kan bare, det der!"

Kemal satte sig til bords, og måltidet begyndte. Han var ved deres første måltid blevet noget overrasket over præsten særdeles direkte facon, hvor han var blevet mødt med disse ord:

"Kemal, du skal være hjertelig velkommen her. Men. Du bliver nødt til at acceptere, at her i huset spiser vi altså kvalitetssvinekød. Og det er købt hos den lokale slagter. Du vil blive behandlet akkurat som alle andre er blevet i dette hus; med respekt, men også med en forventning om at indgå i husets orden. Sådan er det, men skål for, at du må få et godt ophold her – i flyverskjul!"

Kemal havde i første omgang mistet mælet ved præstens proklamation, og tænkt om manden var rablende vanvittig, og om han mon var kommet det rigtig sted hen. Svinekød. Føj. Og spiritus nydt med den største selvfølge ... . Og ved de første måltider, havde Kemal diskret pillet grisestykkerne fra – ligesom børnene, når de pillede rosiner fra eller når de sagde til far; du må gerne få de sidste lakridser, og der så kun var de sorte tilbage. Svinekød. Føj, føj, føj, havde Kemal tænkt og tanken, at sætte tænderne i et svin, et urent mudderbadende dyr, havde nær givet ham mareridt, hvor han i nattens kamp, så utallige svinetryner med de små stikkende øje, helt i front, foran sig.

Efterhånden havde han dog lært at sætte pris på den galning, som sindssygehospitalet endnu lod gå omkring. Man vidste, hvor man havde ham – og kunne mærke, at han kunne lide en, på trods af den kantede facon. Da Kemal havde boet i kælderen i en måned, var der blevet banket på døren, og da han lukkede op, stod præsten der med et kompas.

"Jeg ville blot sikre mig, at du til enhver tid, er det ikke 5-7 gange om dagen ..., har mulighed for at vende dit ansigt den rigtige vej mod Mekka! Det er ikke et så dyrt et, så retningen er ikke 100% sikker, men det er vel heller ikke helt så vigtigt, eller?", sagt uden et gram ironi, hvilket i sig selv var morsomt nok.

Kemal, havde stået som ramt af lynet, men præsten ville helt tydeligt gerne have, at Kemal skulle føle sig så hjemme, man nu kunne under disse omstændigheder. Som en modgestus, begyndte Kemal lidt efter lidt, at prøvespise et par grisestykker, hvilket gik noget nemmere end han havde regnet med, men han insisterede på, at Wilfred, der skævtsmilende sad og betragtede scenariet, ikke under nogen omstændigheder ville betragte det som assimiliation eller fortælle det til andre.

"Der er vel ingen regler uden undtagelser!", som Kemal kaldte det.

Og så blev fadet ellers sendt rundt igen. Udenfor blev der ringet på døren.

Entreprenøren

Området var et af de pæneste i landet. Kun dem med den allertykkeste pengepung samt gode forbindelser, kunne bo der, og der var langt til det som man kalder almene boliger. I krigens tid, var der blevet bygget et par blokke, med de var efterhånden blevet opkøbt af nogle velhavende nyrige, der havde omdannet dem til eksklusive ejerlejligheder. Som regel havde alle huse og parkeringsområdet ved ejerlejlighederne, et af de hegn, der automatisk gik op, når den rette ejer trillede op over fortovet i sin bil. Det mindede på sin vis om et miniMonaco, hvor det var mere sjældent ikke at se en Mercedes, Audi eller BMW end modsat. Hegnene var sirligt lavede i både moderne og antik stil, og både murere og smede havde sat deres tydelige stolte præg. Man kunne se, at det var håndværk af ypperste klasse, ligesom de fleste huse, hvor der kun var få tilbage, der ikke havde gennemgået den helt store modernisering, alt sammen i ydmyg respekt, som regel da, for husets oprindelse. En del boliger var også blevet revet ned for at give plads til helt nye luksuspalæer, hvor et par udendørs PH-lamper lyste op sammen med kobbertag eller kobbertagrender. Nymoderne Funkisboliger med store ruder stod side om side med avantgardistisk helt igennem miljørigtige arkitekttegnede energiboliger, og fortovene havde ikke en flise, der lå skævt. Det havde kommunen sørget for. Det var noget anderledes end i resten af byen, men kønt så det ud. Endda asfalten var helt uden huller og med flot kulsort kulør. Således åndede alt af fred, idyl og rigdom. På den stilfærdige måde, der fortalte de forbipasserende om klasse.

Det var her Knud Sloth, entreprenøren, boede i et hus, som havde været i familiens eje nu gennem to generationer. Farfaderen var blevet rig på at handle med tyskerne, og havde været komplet ligeglad med moralen i det. Han forsvarede sit virke med, at det var der da så mange danskere, der havde gjort; hvorfor skulle han lige agere syndebuk. Han var bare en blandt titusinder. Så han havde overhovedet ikke tænkt sig, at skulle bøde for det eller have dårlig samvittighed, det var jo også kommet mange danskere til gode og om 100 år er der ingen, der mere tænker over det. Og så havde han, med dette ganske simple udgangspunkt, retfærdiggjort den formue han havde fået skrabt sammen. Da han døde overtog Knud Sloth´s far handelsfirmaet, der kunne levere alt lige fra tegnestifter, beton til rendegravere. Knud Sloth ønskede ikke at fortsætte firmaet, hvorefter det så var blevet solgt til en konkurrent, formedelst en ganske stor sum med diverse konkurrenceklausuler. Det var på dette grundlag, den formue, der så ud til bare at blive større, at Knud Sloth, drev sit firma, og som gav ham uanede muligheder. Han tænkte ikke så meget på det, for penge lugter jo ikke som han plejede at resonere. I forretningslivet var han kendt som en uhyre hård hund. En man helst ikke skulle lægge sig ud med, eftersom han kendte de 'rette' personer til enten at gøre livet sødt eller … rasende surt for en. Som så meget andet blev det naturligvis ikke talt højt om, men fakta var, at Sloth´s ord havde afgørende betydning på chefen for Teknisk Forvaltning. Hvem ville lægge sig ud med en økonomisk mastodont, der med et knips kunne skaffe arbejde til hundredevis af arbejdere eller iværksætte andre tiltag? I Teknisk Forvaltning havde de diskuteret det problematiske i denne forfordeling, men med tiden anlagt en pragmatisk holdning; og så var der jo stadig også plads til de små firmaer. Ved salget af rådhuset, havde Sloth mere eller mindre indiskret, også med lidt andre ord, udtalt sin forventning, at nu måtte tiden da være inde til en slags tilbagebetaling i forhold til alt det gode, han og sit firma havde gjort for byen. Rådhuset blev solgt billigt. Langt billigere end vurderingen og de andre tilbud, der var kommet på det. Men som så ofte i forhold til noget offentligt, så kom der heller ingen budpriser ud i offentligheden her.

Sådan var det også med så meget andet Knud Sloth var involveret i. Han fik som regel sin vilje og kunne nærmest ikke forestille sig ikke at få den. Således også ved byggeriet af det ny rådhus, hvor borgmesteren først havde sagt:

"… jamen Knud, du ved jo godt, at vi kan jo ikke bare lade dig få hele entreprisen. Der er også andre firmaer. Og …!".

"Stop en halv, Bent. Hvis vi nu finder ud af 'noget'. Og du ved jo også godt, hvilken betydning mit firma har i byen. Det er jo ikke bare entreprenørmaskiner, jeg har gang i, så …".

"Hvad mener du med det", havde borgmesteren dristet sig til at spørge.

"Jo, for at begynde med det sidste. Hvis nu det viser sig, at borgmesteren og hans følge, ønsker andre ind som deltagere i det ny byggeri, ja så kan det jo vise sig, at Sloth & Co kunne tænkes at se sig om efter andre steder, at udleve deres talrige forskellige metierer …".

"Sig mig, afpresser du mig!", sagde borgmesteren.

"Njae. Jeg forholder dig bare virkeligheden. Og tilbuddet om 'noget' står ved magt. Eventuelt 'noget' vi diskret strikker sammen med et par andre. Hvad siger du til det?"

Knud Sloth huskede, at borgmesteren ikke havde haft noget at sige til det og i første omgang vredt havde afbrudt samtalen, men nogle dage senere havde ringet tilbage og aftalt, at de godt kunne finde ud af 'noget', bare det blev holdt helt diskret.

Men Knud skulle også være klar over, at gratis blev det ikke, sådan at lave 'noget'. På den måde brugte Knud Sloth gulerod og pisk metoden, alt efter, hvad han ønskede at opnå og indtil ofrene bed på, hvorefter de blev nemmere og nemmere at lave aftaler med. Når man først havde dem på krogen, sad de fast. Og det var der efterhånden mange, der gjorde med Knud Sloths´s kroge. Rådhuset skulle bygges om og bagefter kunne han sikkert få en aftale med kommunen om, at de skulle leje sig ind. Selvfølgelig for dyre penge. Som han efterhånden havde fået kendskab til det offentlige, var der vitterlig ikke ret mange, der vidste, hvad ting egentlig kostede. Og det levede han højt på – sammen med mange andre. Knud Sloth gad ikke have det dårligt over dette – det lå også ligesom i familien ikke at have det. Han kunne ikke græde snot over, at folk ansat i kommunaladministrationen ikke vidste, at priser altid var til forhandling. Både den ene og anden vej. Han havde hørt historier om, at ansatte i en børnehave, havde købt makrelsalat til det tredobbelte af normal pris. Jamen, så skal det da gå galt, havde Knud Sloth tænkt, og så er de også selv ude om at blive taget ved næsen.

De her små eksempler brugte han til at stive sine forretningsmetoder af med. Hvis folk ikke var klogere – så var det deres egen skyld. Det var ikke hans problem. Han var ikke ansat som engel og han havde intet problem i, at de penge som kommunen betalte ham i projekterne, de var betalt af skatteydere. Så må man jo bare vælge nogle andre politikere, tænkte Knud Sloth, der er lidt klogere. Det er vel ikke en forbrydelse at være smart. Og etik. Det er noget forældet ubrugeligt nonsens, der bare holder dygtige folk nede.

Han vidste godt, at folk så skævt til de biler, han kørte rundt i. Store benzinslugende monstre, der blot vakte folks misundelse og harme; hvordan kunne han da finde på, når klimaet led så grueligt, at køre rundt i sådanne nogle øser? Jo, det skulle han fortælle dem; fordi han var ligeglad, absolut ligeglad med, hvad folk tænkte. Bare han havde det sjovt – så kunne resten for så vidt være ligegyldigt.

Det havde også moret ham, at invitere statsministeren på besøg i sit firma, og bagefter i lokalavisen ladet ham bruge sit firmanavn i et fremstød for, hvor godt det gik i Danmark. Statsministeren havde refereret til ham, med navns nævnelse, og fremhævet det som et mønstereksempel på entreprenørship. Sådan skulle det gøres, hvis Danmark skulle fremad. Det havde vakt nogen kritik, at statsministeren sådan udvalgt firmaer med navns nævnelse. Man kaldte det amatøragtigt og kritisabelt med en sådan favorisering. Men, åh, hvor var han dog ligeglad. De sølle pjok, var nok bare grønne af misundelse for den PR-værdi, det gav.

Knud Sloth så sig selv i spejlet i entreen, og rettede på sit slips, lod fingrene gå elegant gennem håret og mærkede efter i jakken om han havde sin mundspray med. I aften skulle han mødes med Johnsen fra Supervision A/S. De havde virkelig noget at fejre. De to. Det havde været et godt makkerpar, de havde dannet i forbindelse med rådhusbyggeriet. Det sidste beløb for betalingen af byggeriet af rådhuset var løbet ind på kontoen og han og Supervision A/S havde store planer for fremtiden. Knud Sloth åbnede døren, låste den omhyggeligt, og gik ned ad trappen over mod sin hvide Mercedes, der holdt foran og kørte mod Skovkroen. Han glædede sig til at skulle indtage deres bedste årgangsvin til kokkenes anbefalede retter.

Han sendte kommunen og især Hanne Plums mand, leder i Teknisk Forvaltning og fætter til kommunaldirektøren, en venlig tanke. Sikke muligheder det gav. Knud Sloths´s mobil ringede i det samme. Borgmesteren var i røret.

"Onkel" Frederik´s mange millioner

Hans Birks "onkel", Frederik Junker, i daglig tale blot kalder Junker, havde for mange år siden haft en engangsaffære efter en ret så fugtig fest i en eller anden lummer provinsby, hvor der sjældent, og det vil sige aldrig, skete nogetsomhelst, der kunne føre til store overskriter. Så et uheld eller andet, der faldt udenfor tristessen, var ikke noget, der nødvendigvis ville blive afsløret, og i den tanke, havde han helt diskret forladt byen uden at give sit egentlige navn tilkende. På en eller anden måde, var det alligevel lykkes kvinden, han havde været sammen med, at finde ud, hvem han var. Hun havde selvfølgelige kontaktet de gutter han havde været sammen med, og de havde jo så kunnet give hende den adresse, han boede på. Og det havde så over mange år medført en jævnlig korresponcence, især, når hun manglede penge. Og det gjorde hun tit.

Kvinden havde gennem alle årene været anledning til en konstant dårlig samvittighed – hun havde født et barn, helt i naturens orden, 9 måneder efter, og flasken, ja, flaskehalsen ..., havde peget entydigt på ham, som indehaveren af halvdelen af de gener, der skulle til. En søn var det. Men en søn, der aldrig ville komme til at kende sin far. Så nu var der måned efter måned, år efter år, gået en slags underholdsningsbidrag til denne kvinde. Vel, et underholdningsbidrag var det ikke.

Det var en handel. En handel, hvor hun, mod aldrig nogen sinde, at nævne bidragsyderens navn, fik et ikke nærmere specificeret beløb. At hun ikke havde fået langt mere, havde Junkers advokater sørget for, for tid og evighed, ikke ville ske. Derimod, da Junker tog initiativ til at få lavet sit testamente, havde han sin dårlige samvittighed i tankerne; *nu* skulle Hans Birk, sønnen in absentia, arve alt efter det store finansimperium, han havde fået etableret. Hvad Junker ikke selv havde ønsket og formået at give i levende live, nemlig sig selv, kunne måske erstattes af et plaster; en materiel formue, der, når den blev kendt, ville dumpe direkte ned i Hans Birks verden, som et fænomenalt surrelastisk økonomisk trip, et H.C. Andersensk eventyr, der i et nu, gjorde ham til en af regionens rigeste personer. Desværre ville Junker jo, i sagens natur, ikke selv komme til at opleve overdragelsesøjeblikket, men da testamentet blev skrevet, kunne Junker ikke lade være med at trække på smilebåndet, og havde til juristerne fra Sociedade de Advogados fået sagt noget i retning af, at det er da godt, at når man alligevel skal stille træskoene, at man så kan gøre det med manér! Det, han havde ment var, at med døden kan der faktisk formidles liv og noget godt, noget der i levende live til tider havde været særdeles vanskeligt at gøre uden at enten tunge dilemmaer fulgte med eller frygten for, at blive udnyttet. Ved døden, så var man ikke længere underlagt den del af tilværelsen. *Nu,* nogle ville sige, for sent, kunne han gøre noget godt for sin eneste søn.

Og således var Hans Birk kommet i besiddelse af en ufattelig stor formue da Junker døde. Alt for stor til en simpel soldat, der havde ofret noget af sin krop for fædrelandet. Plus det løse. Efter Afghanistan, havde Hans Birk ikke længere været sig selv. De kaldte det PTSS, *post traumatisk stress syndrom,* men det var Hans Birk blevet enig med sig selv om, at det var der så meget, der hed i dag. Det var lige før, at hvis der satte sig en spyflue på børnenes mad i børnehaven, jamen så ... I en form for taknemmelighed, figurerede Junker som onkel Frederik i Hans Birks tanker. Det gjorde ligesom det hele lidt nemmere at bære.

Til formuen hørte de 75 ferielejligheder i Grækenland. Ferielejligheder var ikke et passende udtryk, men var det ord, Sociedade de Advogados havde bestemt var mest passende som sløringsudtryk, når eksempelvis man skulle bestemme beskatningsniveau. Men lejlighederne *var* luksusferielejligheder med stort L. Stykprisen var i omegnen af et fire til seks millioner Euro. Hver enkelt var forskellig fra hinanden, men den gennemgående husmursfarve var den i Grækenland så typiske hvide – for at skærme mod solen og med røde tegltage. De lå alle med en fantastisk udsigt til Middelhavet, bygget ind i fjeldene, således at man havde optimal mulighed for privatliv. Svimmingpools var en selvfølge kombineret med en mindre elevator direkte ned til den båd, der kunne ligge helt beskyttet i en udhulet grotte med direkte adgang til Middelhavet.

Der var efterspørgsel til disse boliger, som Sociedade de Advogados var sat til at sælge. Der var absolut aldrig nogen "Til salg" liggetider, og det pressede efterhånden også priserne endnu højere op. Det var altså disse boliger, som Hans Birk ejede og som Advokatfirmaet Sociedade de Advogados forvaltede salg og overskud af. Efterhånden var der kun 10 boliger tilbage, men firmaet havde købt et ukendt antal boliger i Sydfrankrig i Monaco og Mallorca istedet for. De sørgede også for, at rette henvendelser til de rette interessede, når mulighed bød sig. Sociedade de Advogados var altid interesseret i, *personer med den rette formue og dynamisk netværkspotientale ... .*

Således havde de også kontaktet Knud Sloth, der i egenskab af dansk storentreprenør, måtte anses, at have *"et passende niveau, for netværksdannede aktiviteter ....,* som var den passus, Sociedade de Advogados brugte i de interne papirer, der skulle godskrive nye deltagere i ejerkredsen. Knud Sloth havde set på "tilbuddet" som Sociedade de Advogados havde sendt og umiddelbart forstået, at her kunne man blive en del af noget meget større. Derefter havde han kontaktet Sociedade de Advogados, og spurgt, hvorledes det forholdt sig, hvis man ville dele sin lejlighed med andre. Sociedade de Advogados havde svaret, at det ville være helt ok, blot, at de kunne leve op til de både uudtalte og nedskrevne formalia, der gjaldt for ejerkredsen. I det uudtalte lå naturligvis, at man på ingen måde var interesseret i, at udbrede kendskabet til, hvem, der ejede disse boliger og hvordan den videre organisation var. De boliger eller andre aktiver, som Sociedade de Advogados administrerede for forskellige velhavende personer, var blot en del af et langt større fællesskab med exobiante svimlende formuer, eksempelvis diverse sheikers, forvaltet af andre mere eller mindre, for offentligheden, ukendte selskaber. Sociedade de Advogados var blot en lille forvaltende brik, der indgik en lang række af gensidige labyrinter, der havde låsene til hinanden, men som det aldrig var meningen skulle låses op. Jo større det blev, jo mere umuligt blev det at komme ind til kernen i, hvad og hvem og hvorledes det hang sammen. Virkeligheden var nok, at det var blevet en slags selvopholdene organisme – et fælleskab, hvor ingen kendte hinanden, og alle kendte nogen til alle de impliceredes fordel.

Knud Sloth havde tilbudt Johnsen, sin forretningspartner et medejerskab i lejligheden, som han havde takket ja til. Borgmesteren sagde også ja. Og siden var ejerkredsen blevet udvidet til to folketingspolitikere fra hver deres parti. Den ene af dem, havde "slået til", da han under en valgkamp, havde besøgt Knud Sloth, der inde på sit kontor, da kaffen behændigt var blevet skænket op, havde forelagt ham "tilbuddet". På det tidspunkt, vidste denne folketingspolitikker ikke, at der var tale om noget større – men det fandt han siden ud af – at der fulgte "visse fordele" med og, at nogle døre blev nemmere at åbne. Den anden politiker var under en samtale med sin ven, borgmesteren, blevet overbevist om, *at det da kunne være fantastisk med sådan en mulighed, så det ville han gerne være med til. Han skulle blot lige have financeringen på plads.*

Til det sidste havde borgmesteren sagt, at det skulle ske efter et helt præcist manuskript, og han skulle ikke gøre noget før han blev kontaktet og fremfor alt, og her havde borgmesteren bøjet sig over mod sin ven; så skal du holde *helt* kæft med alt, hvad jeg indtil nu har sagt. Du får en fordel, mange får en fordel, og det er *rigtig, rigtig* stort, det her. Selvom det bestemt ikke havde været ment som en trussel, følte folketingspolitikeren alligevel, at det måske lige var lovlig stærkt, så han havde sagt; "Bent, truer du mig?". Bent havde set intenst på ham, taget en dyb indånding, og sagt; "nej, jeg tror ikke, at det er en trussel, mere et forsøg på at sige, at af og til i livet, der skal man kende sin besøgelsestid. Af og til, så møder lykken en, og når den gør det, så skal man ikke stå med ryggen til, så skal man plukke frugten. Det er din tur nu. Så pluk og lad vær med at stille spørgsmål. Jo mindre du ved, jo bedre. Det handler om tillid – og døre, der kan åbnes for dig. Derfor har *jeg* købt mig ind. Folketingspolitikeren lagde an til at ville gøre en indsigelse, men Bent stoppede ham;

"Jeg kan godt forstå, at du synes, det måske lige er vildt nok, men hør – skulle du ikke prøve at se på fordelene?"

Det havde folketingspolitikeren så gjort, hvormed han efter 2 måneder var blevet erklæret "egnet".

Borgmesteren havde under mødet med sin ven på Borgen ikke kunnet huske, hvornår præcis, at han var blevet involveret i dette her. Datoerne gik lidt ud og ind ad hinanden, men han var allerede dengang i det mindste klar over én ting; at der på ingen måde måtte komme noget ud. Ingen måtte få nogetsomhelst, at vide omkring de snu og fuldstændigt uigennemskuelige måder, hvorpå magtens folk lige så stille samledes i en ubrydelig kæde af "interessefællesskaber", som man, med indforståede nik til hinanden, valgte at kalde det. Disse fællesskaber havde et og kun ét mål mål – magten.

Og man kan sige, at den havde de, i borgmesterens tilfælde foruden alle de andre, formået at købe sig til. Men hvem var "de". Det var på en måde dem alle. Alle dem, der havde noget at sige, bestemme, hvilket som regel hang sammen med positioner i samfundet og ikke mindst penge. Det var helt banalt. Og borgmesteren, Bent, havde omend ikke været banal, så dog naiv, da han første gang fik "tilbuddet". Det kunne ikke nytte noget at fortryde noget nu. Det løb var kørt og så kunne man ligeågodt, helt pragmatisk, få noget godt ud af tingene. At han inderst inde hadede de to, og især ham den ene, der havde forledt ham til at gå med i dette projekt, faldt blot tilbage på ham selv. Han kunne jo bare have stået imod.

De tanker plagede ham ..., og hvad var problemet ...? Jo, problemet var for det første, at lejligheden, den anpart han havde, var en gave ... . Det vil sige, noget han havde fået, helt udenfor de danske og græske myndigheders søgelys. Sidstnævnte forhold hang sammen med, at de græske skattemyndigheder alligevel ikke interesserede sig en døjt for, hvad der foregik i deres eget land. Det var et rent eldorado for folk, der ønskede at finde steder, hvor de kunne anbringe penge, ikke nødvendigvis deres egne, helt og aldeles uanfægtet. Men lejligheden var som sagt, en gave, de danske myndigheder ville betragte det som bestikkelse, men ... . her havde Bent ikke flere ord. Han vidste, at sagen på ingen måde kunne retfærdiggøres. Konen havde spurgt ham om engagementet, da han sagde, at nu havde han fri adgang til en lejlighed i Grækenland, men han havde bare holdt det hen som et spørgsmål om pensionskassers ferielejligheder for borgmestre ... . Det havde hun godtaget som en god forklaring. Da lejlighederne oprindeligt var blevet bygget, var det en græsk skibsredder, der havde financeret projektet og siden var det så overtaget af det Hans Birks "onkel". Af mange forskellige kanaler, blandt andet egnsudviklingsstøtte, var der tilflydt projektet millioner af Euro fra EU. Ingen, hverken i EU eller de græske myndigheder, havde kontrolleret projektet – det var helt normalt i det land med den form for ansvarlighed. Når ingen kendte til noget, var der jo heller ingen at klandre. Når alle så den anden vej, ja, hvad så ... . Jo, så var der fri bane for entreprenante typer. Ingen kan vel fortænke dem i, at de elskede Grækenland for dets frisind og højt til loftet i økonomiske forhold. At EU spyttede i et stort tomt hul – det fandt de vel nok ud af på et tidspunkt. Og så alligevel ikke. For efterhånden var der et ikke ringe antal bureakrater fra Bruxelles, der også havde fået nogle gode tilbud i det fælleskab som også Sociedade de Advogados var en del af. Derfor havde de nok ikke travlt med at nogetsomhelst skulle afsløres omkring det, som man helt enkelt kunne beskrive som – verdens bedste økomomiske fidus beregnet for en afgrænset, men stadigt større ejerkreds. En dynamisk voksende indercirkel af alle for en og, nå ja, en for alle.

Da borgmesteren var blevet klar over, at ferielejlighederne var ejet af en i den samme by, hvor han residerede, havde han en aften kørt en tur forbi ejerens bopæl og var blevet aldeles og dybt overrasket; på ingen måde, bare tilnærmelsesvis, lignede det sted, ét, som relaterede til den sociale klasse, man måtte forvente, at ejeren havde. Derefter havde en dyb undren indfundet sig, men han vidste, fra et langt liv i specielt politik, at ikke alt, i bedste underdrivende stil, altid var som det så ud. Han havde haft lyst til at stige ud af bilen og ringe på, men opgav sin indskydelse; hvad ville han opnå? Han kunne jo også bare se efter i adressebogen eller cpr.registeret for at finde ud af, hvem og hvad der gemte sig bag de mere end lasede gardiner og den fuldstændig misvedligholdte forhave, der lugtede af forfald yderligere forværret af en tilstoppet kloak. Den grønne Range Rover, der stod i indkørselen, passede perfekt ind i Bents billede af, hvordan manden burde være, men absolut ikke miljøet og huset. Det var virkelig ækelt og klamt, men Bent havde egentlig ikke lyst til, lige nu i det mindste, at vide mere, så derfor var han kørt videre. Der var i det hele taget mange ting, som Bent ikke havde lyst til at kende mere til, men han ville snart få indblik i større virkeligheder end han nogensinde havde drømt om og som ingen kunne spå om konsekvenserne af.

Sjælesorg a la carte

Kemal fór sammen, da han hørte dørklokkens ringen.

"Rolig nu"., sagde Wilfred, og fortsatte: "Du går bare stille og roligt fra bordet, og tager din tallerken, glas og service med og putter det i opvaskemaskinen. Vi trækker tiden lidt, så du kan nå at gå i kælderen. Kate eller Mirijam, hjælp ham lige, nu. Tak.".

Wilfred anede ikke, hvem det kunne være, som på denne lørdag ringede så ihærdigt på døren, det kunne være alle mulige, var der mon nogen, der ..... . Han gik hen mod fordøren, mens familiens resterende medlemmer observerede hvert et skridt. Døren blev åbnet, og foran præsten sad en mand i kørestol. Håret var fedtet, huden uren og i det hele taget så personen ud til, at befinde sig på livets skyggeside, en af dem, man får ondt af. Wilfred rømmede sig, han kunne mærke, at det var vanskelig, at finde den rette attitude.

"Ja, goddag præst. Jeg kommer til dig af to grunde; dels fordi jeg synes, at du skrev noget crap i avisen, og dels fordi jeg gerne vil tale med dig nu, fordi jeg har dårlig samvittighed!".

"Well, der var dog en befriende ligefrem anmodning", replicerede Wilfred, mens han forsøgte at gennemtænke, hvorvidt han havde set denne person før. "Jamen, så lad os da gå.., øh, trille, indenfor, fik han kejtet, sagt til den besøgende, der villigt fulgte efter og kørte hen til præstens kontor.

"Nå, det er så her du bor, præst", sagde Hans Birk på den måde, som efterlader den tiltalte med et spørgsmål og en følelse af nedvurdering.

"Øh, ja. Men, hvad drejer det sig om?". Der blev stille, og bornholmeruret tikkede i lange sekunder, før der blev svaret.

"Jeg er ikke særlig enig med dig i dit angreb på borgmesteren i dit læserbrev. Han er en fin fyr, og jeg synes, at du er dum, når du kan tillade dig at skrive sådan!".

"Jamen, hvad forkert er det da, at jeg har skrevet?", snublede Wilfred afsted.

"Jooew", kom det drevent fra Hans; "han gør jo bare alt til byens bedste, ikke? Og du skriver som om, at han gør det modsatte. Det er bullshit!".

Wilfred mærkede, at han foran sig havde en anden slags modpart end han i almindeligvis var vant til. En uden de store ordmæssige artikulationer, mere i retning af "for dårlig", "for meget" og "heyy man".

Han forsøgte at imødekomme Hans:

"Ja, nogen gange går der polemik i skrivningen ...", men blev afbrudt.

"Hvad mener du med polemik. Hvad betyder det?".

Wilfred famlede efter ordene. "Øh, noget om den måde, man formulerer sig på ... øehm ..".

"Jamen, så kan du da bare formulere dig ordentligt", sluttede Hans af, og det var tydeligt, at han godt vidste, hvad "polemik" betød, men han nød at få folk på glatis. "Men, der er heller ikke derfor, at jeg er kommet, præst.".

Wilfred sendte en takkebøn op, at emnet "læserbrev" blev udskiftet med et andet, men følte ingen anledning, overhovedet, til at trække ordene ud af Hans, hvad det mon kunne dreje sig om, og de kom såmænd også helt af sig selv.

"Ja, jeg er kommet for at lette mit hjerte. Det sagde hende præsten jo, nede i Helmand, at man kunne gøre, så det havde jeg også tænkt mig at gøre nu, og så koster det jo heller ingenting, og det har vi jo også over vores skattebilet betalt for. Har du noget imod det, præst? Det er vel derfor, du får din løn, eller?".

I den formelle uddannelse til præst, havde Wilfred lært, at takle ord, begreber og filosofiske problemstillinger. Han hadede, når der kom personer til ham, der emmede af en despekt for deres omgivelser og i deres brug af mennesker, nærmede sig et misbrug. Alligevel havde pastoral-seminariet lært ham et par professionelle tricks, herunder at forsøge sig med humor. Han håbede, at de kunne virke nu.

"Njae, løn som løn – der er vel nærmest tale om almisser ... , og du ved måske ikke, at den egentlige løn, den kommer først hinsides ... ." forsøgte han sig friskt.

"Aeej, ALMISSER, pastor. Den må du længere ud på landet med. Nej, I tjener såmænd kassen, gør I".

"Så tror jeg, at vi stopper her, med mindre, hvad er det, at du vil. Er du kommet for at drøfte min løn, eller?".

"Nå, nå, nu kommer pastoren nok frem i skoene, hvad? Ja, som sagt, så vil jeg godt lette mit hjerte. Mine mange små, hvad skal vi sige, syndere. Eller, ah, syndere, det er nok så meget sagt, men ihvertfald noget, jeg går og pusler med."

Wilfred lagde mærke til, at manden foran ham, som han endnu ikke kendte navnet på, havde den vane, som mange andre før ham, der havde siddet foran en præst, også havde. De havde det svært med ordet synd. Og det med at kæmpe – det blev kaldt "at pusle".

"Vil du ikke fortælle, inden du fortsætter, hvad du hedder?".

"Jow, Hans. Hans Birk. Ham selv".

Et eller andet sted var der en klokke der ringede i Wilfreds hoved, men han kunne endnu ikke klarlægge, hvad og hvordan. Med ét gik det dog op for ham, at det jo var ham, der for nogle år tilbage havde været i avisen, og som jævnligt også havde et læserbrev i, som regel med den helt igennem modsatte opfattelse af virkeligheden end Wilfreds.

"Jo, men så fortæl. Jeg lytter", kom det lettere træt fra Wilfred.

"Ja, det gør du, fordi du er nysgerrig, men nu skal du høre.". Og så fortalte Hans Birk den utrolige historie om, hvordan han, en ganske almindelig dansker, var kommet i besiddelse af en utrolig formue, at han var blevet stinkende rig, som han sagde, og at det selvfølgelig virkede helt utroligt, at han sad her, og her faldt ordene langsomt, i en spaaasserjeep og boede i et spaasserhus.

Mens han talte, erindrede Wilfred, at grunden til, at manden havde været i avisen, var, at han havde deltaget i Afghanistan, og var vendt hjem, hårdt såret og med amputerede ben og lidt til. Det havde avisen lavet et interview med ham om. Artiklen havde udstillet krigen som det, den var; menings- og udsigtsløs. Den havde varet langt over 20 år nu.

Hans Birk fortsatte. "Ja, og så er der det med det, at jeg faktisk også får lidt ydelser fra det offentlige – sådan lidt plaster på såret, ikk, eftersom, nå ja, hvad kan man lige bruge sådan et stykke statsaffald som mig til, en borger skudt til plukfisk i kongens klæder? Så derfor er det vel i orden med lidt pension som erstatning for at "redde vores land"?".

Wilfred havde lyst til at modsige ham, men holdt igen.

"Ja, pastor, du sidder faktisk overfor en, der overhovedet ikke behøver en rød reje fra moder stat, men som modtager rigelige ydelser. Hvad siger du til det. Præst?"

Wilfred sank en klump.

"Nå, du har ikke noget at sige, eller hvad, du er nok dybt forarget, men det gør faktisk helt godt, at lette sit hjerte!".

Den form for bekendelse, havde Wilfred ikke ligefrem stødt på før, og han søgte efter ord, der kunne være passende for situationen. I tidens løb havde han oplevet mange forskellige versioner af anger, men den her var ny, nærmest som, at modparten søgte et syndstilladelse fremfor det modsatte.

"Hans, der er mange vinkler på det her", forsøgte han sig, "og den lettelse af samvittighed, du taler om. Er det egentlig det, der er problemet?".

"Ja, hvad skulle det ellers være?".

"Jo, det kunne jo også være, fordi du havde skudt en ...". I det samme, Wilfred, havde udtalt de sidste ord, fortrød han. Ordene lugtede så fælt at fordomme, og alt for hastigt udtalt. Det var jo det soldater gjorde, eller? En gun, en mand, et skud. Bang. Du er død. Han vidste fra sine præstekollegaer, at mange unge, havde voldsomme sjælskampe med, at de havde dræbt andre, og at de dybest set ikke, som de kaldte det, gav meget for det psykologkrisefis, der blev tilbudt dem. Mange have haft langt over 30 samtaler, men der blev kun talt sagte om, at det vistnok egentlig ikke hjalp så forfærdelig mange alligevel. Modsat præsten, fik disse psykologer, endog ganske pæne honorarer, så man var vel også nødt til, officielt, at fortælle historien om, at "det virkede". Virkeligheden var blot, at præster, jævnligt, blev opsøgt, at soldaterveteraner, lemlestede, fysisk som psykisk, og her sad altså, var Wilfred efterhånden blevet klar over, endnu et eksemplar overfor ham.

"Du er ikke så lidt fræk, hvad. Men du har ret. Det har jeg også gjort. Endda børn. Er jeg så, i dine øjne, et ringere menneske nu? Kommer jeg i Hades, eller hvad I kalder det. Hvad med, hvis jeg faktisk nød, at trykke i aftrækkeren ... og ...?"

"Stop nu lidt Hans! Min opgave er ikke at dømme, men hjælpe. Hvor er det, at jeg kan hjælpe dig? Ja, du må undskylde, at jeg kom til at lade min fordom træde frem i forgrunden. I bunden ved jeg ingenting, men du kom jo, fordi du ønskede en samtale. Den har du nu.".

Hans replicerede: "Synes du, at jeg skal fortælle kommunen, at jeg er blevet så rig?".

"Jamen, har du da ikke gjort det?", røg det ud af Wilfred. "Når du spørger sådan, får du selvfølgelig et klart svar. Selvfølgelig skal du da det! Og du kan jo begynde med at henvende dig til borgmesteren.".

Wilfred vidste ikke, hvorfor han lige nævnte borgmesteren, men situationen og samtalen var underlig diffus, som han sjældent havde oplevet det, og ordene var nok mest ment som et forsøg på, at nærme sig en afslutning.

"Jamen ham bryder du dig da ikke om ...", sagde Hans Birk.

"Bryder som bryder, men han er jo øverste ansvarlige. Og måske er din sag så speciel, at den kræver en ganske særegen tilgang, eftersom din førtidspension – ja, den har du jo fået tildelt af helt konkrete grunde. Hvad angår din hemmeligholdelse af din formue. Se, der må du tale med, ja, du ... ... kan jo prøve borgmesteren. Det er sikkert en god ide ... , og måske kan de finde ud af et eller andet fornuftigt.".

Hans Birk gjorde tegn til at ville køre igen, og Wilfred rejste sig fra sin stol og rakte hånden frem, mens han sagde: "jamen, tak for besøget. Øhm næste, gang, hvis der bliver en næste. Kan vi så aftale, at du ringer først?".

"Sagtens. Men jeg er ikke sikker på, at der blive en "næste omgang". Du gav et godt råd. Det vil jeg følge. Farvel. Jeg finder selv ud.", hvorefter han trillede hen mod fordøren.

Kemal stak hovedet op fra kælderendøren. "Va, va, var det politiet ...".

"Nej, men nogen, som politiet måske gerne skulle interessere sig for. Banen er klar. Du kan godt komme op igen.".

De næste timer gik Wilfred og tænkte det mærkelige møde igennem, og overvejede om han skulle henvende sig til sin bror, politikommissæren, der boede på Sjælland, med denne, mildest talt, pudsige sag, som sandt for dyden, havde pikeret ham, ikke mindst på grund af Birks frække fremtræden, men han var jo bare, i en eller anden form, en stakkel.

Han valgte, at lade oplevelsen være en sag af mange, gemt under tavshedens re-gimente, fordi det jo ikke drejede som en egentlig fare for liv og lemmer, terror eller sådant noget lignende. Det var jo "bare" et spørgsmål om penge. Og der var jo så mange, der snød. Men indeni Wilfred nagede tvivlen.

Med frygt skal land bygges

Borgmesteren sad og stirrede ud i rummet, hjemme på sit kontor. Her kunne han koble sig på intranettet, og via den vej få adgang til en hvilken som helst journal. De seneste års lovgivning havde banet vejen for denne mulighed, og protesterne mod denne foranstaltning, var efterhånden døet ud. Bevares, der var stadig typer som præsten og deres lokalsprøjtes idealistisk funderede mandskab, der i tide og utide galede op, men de var virkelig på vej til at blive et helt igennem ubetydeligt folkefærd. Udgrænsning hed det. Gennem lovgivningen, som nu var en helt igennem integreret del af Europas, var sådanne subjekter, der alt for ofte forstyrrede alskens politiske processer, på vej til at blive ekskluderet af fællesskabet. Yderligere, som redskab til at håndhæve den offentlige orden, var overvågning på alle steder og måder, nu en ganske almindelig del af hverdagen. Folket, de fleste, havde accepteret de enøjede kameraer, der hang overalt. Terrorangrebene i København og 5 mindre provinsbyer, havde afgørende ændret folkestemningen til fordel for deres tilstedeværelse. Ét var, at alle teoretiske lærebøger, havde doceret i, at terrorister altid valgte de steder for deres virksomhed, der ville få størst opmærksomhed. Derfor var storbyer deres foretrukne mål. Nu måtte lærebøgerne skrives om, akkurat som, da muren i sin tid var faldet, og der ikke længere bare var tale om en "de onde" og "de gode" virkelighed, kommunister og så de frelste. Terroristerne havde placeret bomber i nogle af Danmarks 5 provinsbyer, i 5 varehuse ejet af forskellige koncerner, hvilket havde udløst en helt igennem tilsigtet reaktion: Nu var det ikke kun i hovedstaden, at der kunne ske det forfærdelige. Nu var det virkelig alle steder, det kunne ramme. Når terrorist kunne vælge disse metoder og udvælge sig romantiske og idylliske småbyer, fjernt fra verdens metropoler og pulserende liv, ja, hvad kunne de så ikke finde på? Med ét, i løbet af 24 timer, havde der strømmet mediefolk til, fra den ganske verden. Alle sammen søgte de transport til, hverken New York, Paris, Berlin eller London, men mod Snolleslev 1,2,3,4 og 5 langt ude på landet. At det var Danmark, en flække i verden, det var gået ud over, var ingen tilfældighed. Landet var geografisk så småt og så forbunden med hinanden, at man i én forstand kunne tale om, at det, der skete 100 km væk, det var der ikke den store forskel på, så placeringen af en bombe, den kunne forsåvidt ske, hvorsomhelst. Denne nye erkendelse, som for så vidt var logisk nok, havde efter angrebet, ført til en udbygning af overvågningskamerer, i et tempo og antal, som stadig gav en del stof til eftertanke. Men det var en gammel viden, at frygt, kunne få folk til hvadsomhelst. Og netop frygten havde forankret sig i befolkningen, der havde presset på, for at fremskynde disse nye tiltag til øget national sikkerhed. Folk var bange, meget bange. Før i tiden, kunne man som dansker gå rundt, helt uden bekymring, og behøvede ikke at frygte for hverken det ene eller andet. Nu var tiden blevet en anden. Folk holdt sig mest indendøre, eller på deres egen bopæl, efter kl. 18.00, med undtagelse af, hvis der var noget virkeligt vigtigt man skulle. Et mentalt mørklægningsgardin var rullet ned over befolkningen, men det havde også sine fordele, især som magthaver. De få, der drev rundt ude på gaden efter dette tidspunkt, ja dem var det rimelig nemt, at holde styr på. Ingen kunne unddrage sig kameraets optik, slet ikke, når der nu også var kommet en lovpligtig sensor i hvert enkelt hjem, der nøjagtigt registrerede ud- og indgang hos hver enkelt. Også det havde de fleste efterhånden affundet sig med. Dem, der ikke affandt sig, måtte så finde sig i konstant, at være under mistanke, om det så gjaldt præsten. Det var utroligt, hvad vi mennesker kunne vænne os til, og bare slå automatpiloten til. Utroligt var det også, at man stadig kaldte det styre vi havde, demokrati. Og mest utrolig var, hvad mennesket ville ofre for trygheden. Ingen, eller rettere, kun få, reflekterede mere over den utryghed, der også kunne være i, at have en kameralinse, der fulgte en med genkendelsessystemer og, hvor systemet dækkede hver en kvadratcentimeter af landet. I EU var der en lov på vej til at skyde gps-chips ind i nyfødte, ligesom hos svinene. Derudover var der sensorer, der konstant registrerede ens færden ud og ind ad alle bygninger. Når man blev standset af politiet, var det deres pligt, at spørge efter og tjekke, at man gik rundt med en duelig og lovpligtig sender, som normalt var en mobiltelefon. Der blev set med stor alvor på dem, der af en eller anden grund, ikke havde sagerne i orden. De røg med det samme på listen over mistænkelige individer, og der var ingen pardon. Den hårde linje skulle tjene til at forebygge autonome miljøer. Deres tid var for længst forbi.

SMS´en brummede på bordet, og Bent rakte ud efter mobilen. Nå, det var en besked, han havde sendt til sig selv, for ikke at glemme det. Han skulle huske, at skrælle kartofler, ellers ville konen nok blive sur. Egentlig så nød han det også – denne lavpraktiske afveksling i en hverdag, der ofte var domineret af, at klippe røde snore over og diverse repræsentationer, hvor man skulle holde igen, hvis ikke maven da skulle ende som en overdimensioneret oppustet luftballon. Bent så for sig, at komme svævende hen over byen, lo lidt for sig selv, men resonerede på sin forestilling med; nå nej, der vil nok være lidt for meget ballast på? Det er jo ikke bare luft, det der befinder sig bagved, hvorefter han klappede sig på maven. Nedenunder i køkkenet puslede Martha med noget bageri. Duften bredte sig i huset, og han glædede sig allerede til at smage på lækkerierne, men hvad var det egentlig han var kommet fra? Nå, jo, der var en ide, som havde fulgt ham, efter at han var kørt hjem fra arbejde, noget, der måtte tænkes lidt nærmere over, og som var en chance at tage, en risiko, men hvilke alternativer var der? Bent tog et stykke papir op, og begyndte at skrive nogle ord ned. Jeg har det, udbrød han lavmælt for sig selv, og skrev på tastaturet til sin pc.

Ideen var en plan, der nu, efter, at jorden var begyndt at brænde under ham, skulle iværksættes. Der var ingen garanti for, at den ville lykkes, overhovedet ikke, men der var ikke så mange andre muligheder. Først ville han, når han lige havde udarbejdet skitsen til planen, sætte sig i forbindelse med sine 4 medejere af ferieboligen, Johnsen, entreprenøren og de to folketingspolitikere. Planen var dristig, men lykkes den, ville den være genial eller i det mindste en udvej. Borgmesteren kunne slet ikke se, at den måske snarere var en panikhandling. De skulle igennem Sociedade de Advogados aktivere det fællesskab, som Sociedade de Advogados netop var en lille del af, og prøve at samle kapital til at købe Demokraten. Købstilbuddet skulle være så generøs, at man, det vil sige bestyrelsen, ville være helt igennem vanvittig, hvis den undslog tilbuddet, måske kunne man også overtale dem – personligt, en for en. Alt og alle kunne vel købes. Ved at købe Demokraten, kunne man også fuldstændig sætte sig på den virkelighed, man ønskede at præsentere. Man kunne definere overskrifter og dagsordener og styre kommunikationen i lokalområdet og ansætte og afskedige de personer man ville. Sikke mange fluer man ville ramme med ét smæk. Næste opkøb, måtte så blive de få resterende aviser og medier, der endnu repræsenterede de gammeldags idealistiske og modstræbende systemer. Den idé var da enkel og måtte kunne finde tilslutning.

Kapitalen kom til at eje alle adgange, også de sidste, til al væsentlig kommunikation. Den måtte man da være med på, tænk sig, en verden, hvor du ikke mere behøvede at frygte, den næste dag, at være på forsiden, men kunne have total og fuldt dominerende indflydelse på, hvad der skulle på forsiden. Sådan. Bent havde forstået, at penge, på ingen måde, var et problem for "fællesskabet", og han resonerede, at et eventuel opkøb, foretaget af dem, blot ville være som en dråbe i havet. Hvad han endnu ikke havde forstået var, at såvidt "fællesskabet" hjalp en, så fulgte der altid en håndfast forventning om endnu mere "noget for noget". Intet i denne verden var gratis mere, men det var altid forbundet med noget dunkelt, hvad dette indebar.

"Beeent", "Beent", blev der råbt nede fra køkkenet. "Så er der småkager, nu! Du skal have dem, mens de endnu er smålune!".

"Ja, ja, jeg kommer om lidt. Jeg skal lige være færdig med det her ...!".

"Skal jeg komme op med noget kaffe til dig?".

"Øh, jo tak. Det varer lige lidt.".

Bent gik i gang med, at skrive en e-mail, hvor han præciserede, at det hastede med svar. I aften ville han ringe til dem, for at være sikker på, at de havde modtaget mailen. I morgen måtte de så prøve at mødes og sammen kontakte Sociedade de Advogados. Hmm, Sociedade de Advogados, sagde Bent lavmælt hen for sig. Var der ikke noget med, at ... . Oh jo, Hans Birk. Han gentog ordet langsomt: Haaanss Birk. Bent tastede sin VIPkode ind på kommunens server, og havde straks adgang til alle byens borgere listet med efternavn først, hvor han med øjnene gik ned ad navnelisten og læste; Bahne, Bang, Bentsen, Birk. Hans Birk. Han trykkede ind, og begyndte at læse journalen og fortabte sig helt i den, indtil han blev afbrudt, da døren gik op.

"Så Bent, nu ikke mere læseri. Her er kaffen med fløde og sukker til og lidt kager i bonus! God appetit!"

Martha gik ud af kontoret igen og Bent tyggede, hensunket i dybe tanker, kagen i sig. Han grundede over, hvad han lige havde læst. Hans Birk, kunne han se, havde haft en noget broget opvækst. Nu fik han pension, og en hel mængde andre offentlige ydelser, herunder fra militæret. Af helt legitime grunde. Af forståelige grunde, som de fleste ville kunne acceptere. Når man fik begge ben fjernet, var det jo idag, helt igennem begrænset, hvad man så kunne bruges til. På en måde var han endda heldig – andre, der ikke havde været soldat, men måtte undvære to ben – de var slet ikke så godt stillede. Det var egentlig lidt absurd, men politikernes kærlighed til det magtinstrument, der hed militær, i alle dets facetter med paroler, kampuniformer, udstyr, kamp, helte og skurke og ikke mindst synlig indsats, havde også forrykket den folkelige forståelse for, hvem der var værdig til at modtage henholdsvis ikke-modtage offentlige midler. Politikerne hædrede heltene, der havde været så heldige, at blive sendt ud med to ben, og som kæmpede for – demokratiet. Når de kom hjem, var de stadig helte. En del af dem blot med to ben mindre. Det accepterede man. Fordi de havde gjort en indsats. Tyskerne havde haft deres Einsatskommandoer, så det var ikke bare Folkevognen, der havde overlevet. I den ånd, var det selvfølgelig dem, der gjorde denne indsats, i samfunds- såvel som soldaterliv, der skulle belønnes. Når de store idealer forlængst var blevet forladt, var der egentlig heller ikke andet tilbage end samlingen omkring militæret, der var tilbage. Kongehuset var ophørt med at eksistere for 4 år siden og Folkekirken havde kun 24% medlemmer. Det var gået stærkt de sidste 7 år. Militæret og hele opbygningen af det, var en gave til de politikere, der derigennem kunne projicere voluminiøs handlekraft og tilbyde alle de unge, der havde det svært med uddannelse, et job i en disciplinær ramme. De soldater, der kom ud af det, blev mere og mere en supplerende gruppe til politiet.

De, der ikke kunne være i militæret, og ikke gjorde en indsats, som det hed, uagtet, at de vitterlig ikke kunne, dem havde man efterhånden ikke så meget til overs for. De var mest til besvær. Selvfølgelig var der en del, der snød, men mange, var jo bare passive. Bent huskede i et glimt, at han på et tidspunkt, havde argumenteret for, at selve lovgivningen kunne være med til at passificere folk, men skyndte sig hurtigt, at forlade denne tanke. Hvad kunne han egentlig også gøre for det, nej, ansvaret var folks, alene. Han havde nok at slås med, ligesom så mange andre. Bent lod sine tanker fange af pc-skærmen igen.

I Hans Birks dokumenter, stod der ingenting om den arv, han havde modtaget, intet, ikke engang en lille notits. Hvordan kunne det mon være, hvorfor var der ikke tilgået de danske myndigheder, oplysninger desangående. Nå, der skulle nok være en forklaring til det også. Bent havde sin oplysning fra Johnsen, der havde kendt Hans Birks rigtige far, og derfor kendte sammenhængen, som han også havde meddelt via Sociedade de Advogados. Han nippede til kaffen. Uhm, den var god, og så lige en småkage til. Han vidste godt, at, når han var presset, røg der endnu mere ned i "luftballonen", men han kunne bare ikke lade være. Bent så, at der stod et PTSS fulgt af et udråbstegn på et af dokumenternes overskrifter, hvorefter han klikkede sig ind, skimmede det igennem, og i nederste linje, læste:

"....... Hans Birk (HB) har under sin udstationering været udsat for adskillige livstruende situationer, hvoraf den sidste, medførte tab af begge ben og det ene øje + små mindre fraktioner. Psykisk er HB væsentligt mærket af begivenhederne, og det må formodes, at han ikke vil være i stand til at pågynde et almindeligt arbejdsliv igen. Tilbagevendende natlige mareridt og hallucinationer ved dagtid vil være at regne som normalen, hvorfor anbefales passende mængder og typer medicin til regulering af adfærd (se doseringsforslag, s.3). HB kan i visse situationer virke truende, men der er ikke indikationer for egentlig udadreagerende adfærd, mere en umoden person-lighed, der i høj grad kan profitere af en myndig, rummende og moden skikkelse. Han trives bedst under autoritære rammer, hvor han får angivet, hvilken rolle, han har. HB har været i vores varetægt, psykiatrisk hospital Risskov, afd. 5, i 3 måneder efter at have været indlagt på kirugisk afdeling, Rigshospitalet i 10 måneder. Mhv Overlæge, psykiater Børge Trumf".

"En myndig, rummende og moden skikkelse. .... under autoritære rammer ...", mumlede Bent sagte, mens han trommede med pegefingeren ned mod bordet. "Spændende", fortsatte han i samme dur. "En psykisk ustabil personlighed, der ejer en formue. Jeg tror, at jeg ringer til mine venner nu.". Bent tog telefonen, og drejede nummeret til Johnsen.

Hvad kæmper vi for?

Ebbe havde hentet Niels fra morgenstunden, og de var nu på vej i bil hen til redaktionen.

Som vanligt for journalister, holdt de sjældent, helt fri. Der var altid, "et eller andet", der kunne undersøges. De to var indbegrebet af journalismens væsen; søge, opsøge og undersøge. Begge havde i weekenden tjekket deres mail, og set, at de skulle møde inde hos chefen. Han var en god chef. Kunne tage noget gas, meget endda, men der skulle også arbejdes. Man kunne godt få en god gammeldags gedigen og aldeles umoderne skideballe. Som regel var den fortjent, og selvom noget sådant var komplet out-dated, en wired anakronisme i en postmoderne verden, hvor man ikke kunne tillade sig at skælde ud, fordi intet var sandt eller forkert, så accepterede den skare, der arbejdede på "Demokraten", at sådan var det alligevel bare. Manden var stor nok til, at kunne give en uforbeholden undskyldning, hvis han havde taget fejl og – givet den for meget gas, som han plejede at sige. Det skal dog siges, at det skete yderst sjældent, at han trykkede for meget på speederfoden - eller tog fejl. Som regel gik det jævnt deruda, udefra set, kunne det se ud, som om, Demokraten til tider kørte med håndbremsen trukket, billedlig talt, en astadig, gammel, grøn Bentley, trillende fremad, overfor de moderne hidsige Ferrarier. På mange redaktioner, kunne man, som en gennemgående puls, mærke, at oplagstal betød alt og at hele organisationen var indrettet efter dette mantra. Hvad det betød, gik der megen energi med, at bortforklare, søge legitimering for og hive alvoren ud af. De fleste redaktioner og mediehuse i dag, var også ejet af – storkapitalen. Før murens fald, var der stadig en udbredt skepsis overfor, rendyrket kapitalisme, endog blandt folk, det ville betakke sig for at blive benævnt socialister. Nu, nu, var der nærmest tale om, hvorvidt de resterende skeptikere skulle modtage prædikatet; fredningsegnede. Bevaringsværdige for en eftertid, der helt og aldeles havde glemt og fortrængt, at der findes andre idealer end – mammon. På avisen var de klar over, at de selv sad i et krydsningsfelt til denne holdning, en dobbeltposition, hvor man nemt kunne påskrive dem; hykleri, eftersom de havde "kapital". Derfor kunne de sig tage sig en masse friheder. Men. Demokraten var *ikke* til, for at erhverve merværdi. Den var et organ for demokratiet. Det demokrati, der mere og mere manglede ilt. Nielsen havde for år tilbage været kulturredaktør på en anden avis. Mere og mere havde han oplevet, at de, der skulle forfægte og kæmpe, være demokratiets vogtere og være oprigtigt indignerede, selv var årsag til indignation. En bacille, han havde hørt, af nogle kaldt grandios narcissisme, havde indfundet sig i medieverdenen, såvel som i samfundslivet. Måske var det blot et andet ord for egoisme. Den havde ihvertfald store samfundsforandrende konsekvenser. Mig her og mig der. Allevegne. Og *jeg* skal frem. Mit projekt. Mine tanker. Mit, mit, mit. Min analyse, min tur til at komme på. Ikke vente med min indskydelse, hvorefter den interviewede blev afbrudt. En barnagtig kultur i et barnagtigt samfund, der hyldede fornuften. Det var ikke til at holde ud, og Nielsen havde med lys og lygte søgt efter en udvej for at slippe for det selvforherligende og -bekræftende miljø, som medieverdenen, og sin egen avis, efterhånden var blevet. Han havde overvejet, helt at slippe det, men så havde stillingen som chefredaktør på Demokraten, vist sig. Først havde han tænkt, i første omgang påvirket af branchens ledende skikkelsers fordomme, ah, de er nok bare et par amatører, ihvertfald et virkeligt lille blad, oplagsmæssigt, men så var ansøgningen alligevel blevet sendt. Han havde fået stillingen, og her befandt han sig godt, og på en paradoksal måde, tidens absolutte fravær af dybde taget i betragtning, havde de formået, at få oplagstallet til at stige. Frihed, erklærede Nielsen, var ikke bare et spørgsmål om, hvordan får vi muligheder for at øge vores indtjeningsgrad, nej, her, på Demokraten, var frihed, det, ordet betød, i al sin fylde. Er man fri eller er man ikke fri, that´s the question, stod der muntert, som en frit parifraseret kopi efter Shakesspears "to be or not to be", på en af Nielsen mange opslagssedler. Så længe man leverede kvalitet, ordentlighed, fairness, dybde, saglighed og skarphed fremfor det modsatte, så var man velkommen der. Og så var der den nærmeste velsignede luksus, at folk gerne måtte give sig tid, på Nielsens blad. Hvis de kunne argumentere for det, så var der uger, måneder til ressearch, ja om det skulle være 1 år, men så heller ikke længere, så skulle man virkelig have gode argumenter. Derfor kom de gode historier, derfor vandt de jævnligt konkurrencer, endnu, mod de andre bladhuse, fordi de havde noget at komme med og – noget, at ha´ det i. De nærmeste medarbejdere vidste godt, at Nielsen, på det seneste havde udtrykt en vis bekymring, angående, om ytringsfriheden ville blive ændret, noget som for 3 år siden, ville have været en umulig tanke, men nu igen var begyndt at dukke op i den politiske debat, og siden var det gået stærkt. Nielsens bekymring gik på, hvorlænge magten ville tolerere det, som de forsøgte at udgrænse med ordet; anakronisme. Magten havde formået, at få sidestillet kritik med det, der hindrede fremskridtet.

Fædrelandspartiet havde, sammen med Det ny Folkeparti, stillet forslag om, at visse persongrupper i samfundet burde kunne få frataget retten til at ytre sig. Der havde været en sag, nogle år længere tilbage, i broderlandet, med en radikal gruppe, der havde lagt en masse hate-speech på nettet, som efterfølgende inspirerede til et forfærdeligt massedrab. I begyndelsen, efter denne hændelse, havde broderlandet mødt forbryderne med; I skal ikke kue os, det er kærligheden, der overvinder alt. Vi vil gøre alt, for at I ikke skal vinde. Vi bliver ved med at være et åbent folk. Virkeligheden blev, at efter det næste angreb, 1 år senere, med samme set-up, med lidt færre ofre, begyndte indskrænkningen af adgangen til at ytre sig. Stemningen vendte, også i Danmark, til, at nogle fik etiketten "mere egnede" i forhold til, at få adgang til taleretten i det offentlige rum, hvilket i første omgang sås i de emner, der fik lov til at blive diskuteret i aviserne, som jo var ejet af disse kapitalfonde, som regel igen ejet af erhvervslivet. De personer, man anså som farlige, måtte isoleres, uden at der kom bud på, hvornår det var tale om en trussel. Det sidste ville man undlade at gøre konkret, for konstant, at have en lænke i, hvor langt, folk kunne gå. I praksis betød det, at alle, i princippet, stod til, at bryde en usynlig grænse, deffineret af ren og skær ønske om kontrol. Alle var ikke, i udgangspunktet, uskyldige, nej, det modsatte. Herigennem var der en lige adgang til en vedligeholdelse af usikkerheden, som et simpelt middel til totalt at styre folk. Det betød, at mange, de fleste, tav, omkring alle mulige samfundsforhold, for; hvornår var man farlig, hvornår var ens ord af en karaktér, der havde uheldigt og af magthaverne uønsket indhold? Nielsen, præsten, Demokratens journalister og et enkelte andre "revolutionære" var Tordenskjolds soldater, der kæmpede mod udviklingen. Forsøget på at indskrænke ytringsfriheden, blev også forsøgt at blive solgt under et merkantilt og humant dække; man ville, for det første, ved bevidst at indskrænke debatskaren, til en håndterbar størrelse, gøre diskussionen mere kvalificeret og dermed effektiv, underforstået kun dem med forstand på sagerne kunne, i overført forstand, komme til mikrofonen. Dernæst var det humane, at diskussionen ville blive mere konfliktfri, fri for modsætninger og brud. Det havde man brug for, ro. Staten var på vej til at lade alle ryge af den samme fredspibe, uanset de omkostninger, der fulgte for den enkelte, nemlig at blive bundet på mund og hænder. Fædrelandspartiets forslag sås som et af de tiltag, der kunne sikre stabilitet og tryghed overfor grupper, hvis opfattelser divergerede med flertallets. Måske kunne man senere slække lidt på restriktionerne, men ihvertfald, var der en udbredt lydhørhed overfor Fædrelandspartiets forslag. Man ville betale en høj pris, for at undgå konflikt, bomber, ufred og trusler, både verbalt og fysisk. Magthaverne så det som deres opgave, at lade staten tilvejebringe denne tilstand og version af fred.

Nielsen rømmede sig, og så rundt på de fremmødte i lokalet; Niels, Ebbe og et par andre, fire loyalt og hårdt arbejdende medarbejdere .... Han kunne lide dem for deres ligefremhed og refleksionsevne. Det var en evne, der ikke var i høj kurs nu om dage. I stillingsopslag, skrev man jævnligt, at man skulle kunne analysere, men at reflektere – der var noget andet, mere dybt, mere, også at give noget af sig selv, mere – ærligt. Disse værdier havde tidens folk i dag, de fleste, ikke syn for, men måske kom deres tid igen. Typerne var atypiske for branchen, nemlig indadvendte typer. Han havde overvejet om de var for ens, hvilket de dog ikke var, de supplerede hinanden ganske godt. Det var ikke de her flamboyante fremstormende entreprenørtyper, paradeaberne, som i finansverdenen havde formået at sælge sand i Sahara – og fået befolkningen til at tro, at de vitterlig manglede sand i Sahara. Nej, Niels, Ebbe, Frank og Dres. Du vidste, hvor du havde dem. Altid, som en gammel god ven, en bil, der altid kunne starte. Driftsikker i mod og med-vind.

"Vel", Nielsen så ned på sit ur, der viste 8.30, "Vi har denne sag med Borgmesteren og Supervision A/S, og hvad I har fundet ud af. Jeg sad i fredags og kiggede papirerne igennem, og arbejdede lidt med overskrifter og hvordan vi skal kommunikere den her sag ud. Den er betændt. Hvad har I fundet ud af, Niels og Ebbe, noget vi kan bruge?".

"Jo, planen er, at vi i dag, vil kontakte borgmesteren igen. Han var ikke meget samarbejdsvillig i fredags, men vi forelagde ham, at vi havde et dokument, som vi bad ham om at forholde sig til, de ydelser, vi kan se, at han har fået, og vores research i Grækenland, har bekræftet, at borgmesteren, Johnsen, Entreprenøren og to folketingspolitikere, er dybt involveret i nogle konstruktioner, der er en del af noget langt større. Det er så stort i omfang, at det også involverer EU og en mængde andre navngivne personer, for hvem det gælder; de er alle godt ved muffen."

Ebbe holdt en lille kunstpause, inden han fortsatte: "Men selskabskonstruktionerne er umanerligt vanskelige, at redegøre for, som en usynlig kode, der ikke kan brydes. Men vi har alligevel brudt én."

Niels supplerede: "Ja, og det handler om, at Grækenland, i årevis, har fungeret som en parkeringsplads for tusindvis af virksomheder, både i og udenfor EU, et sted, hvor overskud, frit, har kunne placeres. Kæmpeoverskud, hvor myndigheder på ingen måde har kontrolleret, indehaver eller andre forhold, og slet ikke om der er hvidvaskning eller andre kriminelle aspekter. Det er og har været et eldorado for – kapitalen." Niels fremsagde det sidste ord, lettere distanceret, det var jo ikke kapitalen som sådan, der var noget galt med, og tog tråden op igen: "Og midt i dette paradis for folk og virksomheder, der ikke ønsker at dele med andre eller med andre fællesskaber end deres egen indskrænkede kreds, fandt vi så, at det endda har været tilskyndet af EU-parlamentet. Se dette papir." Han skubbede papiret, en kopi, over til Karl Nielsen. "Ja, det var Ebbe, der tog til Bruxelles og snakkede med en insider, der ønsker at forblive anonym, men vi har navnet på ham, og fik så altså dette papir med hjem. Han syntes vistnok ikke, at det var ok, men, hvad kunne han gøre, han var jo bare embedsmand ... ".

"Ja, og det skal han have lov til at forblive og med at være anonym, men fortsæt bare", indskød Nielsen, mens han skubbede brillerne ned, og læste dokumentet."

"Vel, men det betyder så også, jævnfør, de mange virksomheder, at foruden Supervision A/S og borgmesteren, så er der også entreprøren og to folketingspolitikere indblandet! Og sammen med dem, mange, mange andre danskere, tyskere, belgiere og hvad har vi. Et netværk af bevidste unddragere, med en kæmpekapital, grænsende til det astronomiske, bag sig."

"Hvordan har I fundet ud af det ... kan I bevise det?" afbrød Nielsen.

"Ja, det kan vi godt. Her er et andet dokument. Fra en sekræter i en virksomhed, der hedder Belle Flavour i Belgien, en dækorganisation, for selve hovedorganisationen. En liste med alle navne på de involverede personer og deres relation til organisationen, herunder indskud og andel, enten som beløb eller "på anden måde". På anden måde er eksempelvis det engagement som borgmesteren har. Vi har kun kunnet tjekke et ringe udsnit af de mange personer, men måske kunne vi involvere nogle andre aviser i udlandet for at støve endnu mere op?"

Nielsen kiggede ud i rummet, og replicerede: "Flot arbejde, Niels og Ebbe! Det er betændt, uha, da da, og med hensyn til at andre kunne være hjælpsomme. Måske Frankfurter die Freie, kunne bidrage. Øehm, Er vi så langt, at vi kan begynde at tænke i overskrifter? Jeg prøvede inden weekenden, men kunne ikke rigtig få nogle ord sat sammen. Vi skal også lige have en 100% sikring; er vi så sikre i vores sag, at den kan holde 100% i retten, vi har kun få kilder, de er mest anonyme, bortset fra de kopier I har, men det må jo også et eller andet sted være nok, eller? Hvis sagen holder, går vi igang i eftermiddag med at planlægge denne uges overskrifter. Niels og Ebbe, hvad siger I?"

Ebbe tog ordet: "Først skal vi lige have kontakt med borgmesteren. Dernæst ringer jeg til den sekrætær, der gav os personlisten med kartotekslignende oplysninger. Jeg synes, at det er fair, at informere hende om, at hendes navn selvfølgelig ikke vil blive nævnt, men i forhold til de spørgsmål til kildelæk, der uvilkårligt vil komme, vil hendes navn naturligvis komme i betragtning."

"Godt så", sagde Nielsen, "mødet er hævet. Vi tager en kort briefing, enten over telefon, eller her, kl. 13.00. Nej, vi holder det her. 13.00. Sharp. Tak."

Nielsen rejste sig fra stolen, klokken viste 8.50, 10 minutter endnu til kaffepausen, gik over mod kontordøren og vendte sig mod Ebbe og Niels og spurgte:

"I er vel klar over, hvad vi har gang i lige nu, ikke? Hvis vi først har det i trykken, så ruller maskineriet, men det behøver jeg selvfølgelig ikke at sige til jer. Det er nok bare mig, der lige har brug for at ventilere trykket. Sig mig, bortset fra det første spor, hvordan har I så fundet ud af det?", hvorefter de kort fortalte om deres detektivarbejde, hvor et par gode fadbamser, bestilt , på nogle eksklusiver restaurenter, havde gjort underværker i forhold til at få munden til at glide hos de personer, de talte med, og som kunne fortælle dem om mange interessante forhold. På den måde var de skridt for skridt kommet nærmere til hovedkilden.

Redaktøren lyttede og sluttede af: "I er godt nok et bare dyre drenge, er I. Så forstår jeg bedre de regninger på den ene dyre middag efter den anden nede fra Belgien. Jeg var næsten ved at tro, at det var et par fyrster, jeg havde sendt i byen. I manglede bare at skrive, at nu har vi købt en Ferrari, ellers så kan vi ikke klare os. Jeg tror, jeg trækker beløbet i jeres løn næste gang. Nå, det var en joke. Godt arbejde. Det var bare det, jeg vil sige. Vi ses kl. 13.00.".

Redaktøren gik ud af kontoren og slentrede hen til kantinen. Nu skulle han lige have lidt mokka inden han gik tilbage, og begyndte sin ordlegeri med overskrifter. Dem var han god til at lave, altså nogen, som folk huskede, ikke bare sådan nogen, man nu skulle lave for at lave en. Nej, de var øjefangere, og forhåbentlig med en intelligent tvist. Det var ihvertfald intentionen. Jo mere alvorlig en sag, jo mere var han indover netop overskriften. I denne sag var det også en sikring mod, at nogetsomhelst kunne misforstås, hvad der dog nok alligevel skulle være tilfældet. Ord har det jo med at blive forstået helt afhængig af lytterens position uagtet intentionen. Han kiggede sig rundt i lokalet, og fandt en plads for sig selv, men måtte lige have kop kaffe i automaten og en småkage, lidt sukker til hjernen. Det var som om, at den stod stille, og så alligevel ikke og begge dele kunne vel ikke være lige sande. Den stod stille, fordi, når sagen først begyndte at rulle, så kunne ingen forudse, hvad der ville ske, ikke engang hende med den klogeste hjerne, og den kørte på højhastighed, fordi, han prøvede at tænke alle scenarier igennem, men endte med; vi kan ikke gøre andet, end at tage det som det kommer. Og det kom. Mosende, da han sad på sin plads igen, på pinden, og den røde lampe fra receptionen lyste, og som gav besked om en vigtig telefonsamtale. Nielsen trykkede knappen ned.

"Ja, Ulla, hvad er der?".

"Det er bestyrelsesformanden. Han er i røret nu, skal jeg sende ham ind?"

"Ja, send ham ind.". Nielsen blev hængende i røret.

"Ja, hej, Karl. Du, vi har et problem.", begyndte bestyrelsesformanden uden omsvøb.

"Nå, bare et, jamen så klarer vi det nok ...", forsøgte redaktøren sig.

"Nej, det er alvorligt det her, der er ikke tid til jokes. I kører en sag med borgmesteren, er det ikke rigtigt?"

"Jo, men den er ikke gået i trykken endnu, vi venter til i eftermiddag, så du må vente med at købe avisen til dag ...".

"Nej! Karl! Vi må vente med det sjove, for lige nu er vi nødt til at holde tungen helt lige i munden. Helt lige, forstår du!".

Karl mærkede et strej af en følelse, den stemning, der var, når tallene, oplagstallene, blev drøftet mellem redaktørerne og det viste sig, at de ikke havde nået månedens mål.

"Hvad er det for et problem!", fik han mumlet frem.

"Jo, bestyrelsen, har i weekenden, i går, søndag, modtaget et købstilbud, på Demokraten! Derudover, er hvert bestyrelsesmedlem, hver for sig, blevet kontaktet af 7 forskellige personer og mundtligt fået forelagt et tilsagn om overførelsen af et voldsomt stort beløb til deres private konto eller hvad der behager dem, hvis salget straks går igang. Der er selvfølgelig knyttet visse betingeler til, herunder, at sagen om borgmesteren m.m. med det samme bringes til ophør."

Nielsen var som ramt af lynet, og måtte fatte sig, men udbrød alligevel: "Hvad .... . Er det Danmark du taler om? Det er jo himmelråbende korrupt. Er vi nu nået så vidt, jamen, hvad skal man sige. I har vel ikke tænkt jer, på nogen måde, at efterkomme, denne liggen på knæ for ussel mammon, eller?"

"Nej, det har vi ikke, men vi er delt", sagde bestyrelsesformanden, og fortsatte: "Af bestyrelsen, er der fire, der rent faktisk, synes, at det er en god ide. Det havde jeg ikke regnet med. Hvad siger du, Karl?

"At jeg er fuldstændig og aldeles rystet. Har folk da ingen skam i livet mere. For det første er det gennemulovligt, selvom man efterhånden får sine tvivl om det ene og andet. Og så ved et blad. Er de da komplet vanvittige, hvad er det, der folk sådan til at gå fra snøvsen? Penge! Ja, det kan ikke være andet end penge.".

"Problemet er, du har ingen bevis ...", brød bestyrelsesformanden ind.

"Nej, men det har vi på de andre!"

"Hvad har du?", spurgte formanden åbent, og fortsatte: "Beviser?"

"Ja, og dem har jeg da godt nok tænkt mig at bringe på banen nu!"

"Karl, det kan du ikke!"

"Nå, det kan jeg ikke. Det får du at se. Jeg synes, at du skulle støtte mig istedet for. Nu, hvor selv Demokraten er til salg. Det måtte jo komme! Jeg har ingen ord for det! Og der er heller ingen, der kan hindre mig i, at ringe direkte til de andre bestyrelsesmedlemmer. Har de ingen skam i livet, uslinger, grådige niddinger!".

"Hov, hov, hov, Karl. Jeg forstår din vrede, men nu skal du handle fornuftigt!", sagde formanden. "Ja, og nogle gange kan det mest fornuftige være, at handel ufornuftigt, i tro, og det har jeg tænkt mig at gøre. Har du andet at sige?". "Nej, men det er klart, at din reaktion, selvfølgelig vil indgå, i en kommende bestyrelses bedømmelse af dig som chef."

"Med det siger du også, at salget allerede er en realitet. Vi to har vist ikke så meget mere at tale med hinanden om. Og. Med det setup, du forelægger mig, var jeg alligevel blevet fyret, så jeg har ingenting at miste.". Det sidste vidste Nielsen udemærket godt ikke på nogen måde var sandt. Både han – og Demokraten – stod til at miste alt. Men inden da, skulle og ville han kæmpe for det, det stod øverst på den etiske kodeks; selvrespekten.

"Ja, Karl, så har vi to vist ikke mere at snakke om, men tænk godt over, hvad du gør!"

"Det har jeg allerede gjort, og måske får vi solgt flere aviser imorgen end vi nogensinde har været i nærheden af. Men det er selvfølgelig pebernødder, vand, ved siden de sikkert baron-gager samt købesum, I er blevet tilbudt. Ja, jeg tror, vi slutter her, farvel!". Redaktøren lagde røret på, sad nogle minutter og kiggede frem for sig, og trykkede så på den grønne lampe til Ulla:

"Ulla, du må godt få fat, i Ebbe, Niels, Dres og Frank, nu!"

"Jamen, de er jo lige gået ...".

"Jeg sagde nu, og undskyld, at jeg lyder lidt vred, det har intet med dig eller mine medarbejdere at gøre. Det er noget helt andet. Du må godt samle dem her. Tak.".

10 minutter efter var de fem samlede igen, og Nielsen forelagde sin samtale med formanden, velvidende, at han brød en uskreven regel om fortrolighed. Der var større ting på spil nu. De begyndte straks derefter, at tale om de næste dages overskrifter og indholdet af artiklerne. Nielsen spurgte om Ebbe og Niels, havde brug for hans assistence med hensyn til borgmesteren, og som en anden kommandocentral, blev redaktørkontoret nu indraget i koordineringen i afdækningen af de lyssky affærer som borgmesteren, Supervision A/S, entreprenøren og de to folketingspolitikere var en del af. Borgmesteren lød tydeligt overrasket over opringningen, men havde ingen yderligere kommentarer til de fakta, han blev præsenteret for, men sagde blot; "jamen, så må jeg jo købe avisen i morgen, for at finde ud af, hvad I har på mig og for den sags skyld andre!"

"Hov, vi har da ikke nævnt noget om andre", fangede Niels. "Hvem skulle det være?"

"Ah, sådan nogen som jer, I drager altid flere ind i jeres små historier ..."

"Borgmester! Jeg kan love dig for, at det ikke er nogen "små historie". Og hvis projektet med snyd for milliarder og atter millarder på samfundets bekostning, ikke havde været så gennemført usympatisk, så havde jeg såmænd personligt troppet op hos dig og givet dig morgendagens avis gratis pakket ind i rød folie vedlagt et par roser", brød Nielsen ind. "Jeg har været med på en medlytter – bare du er klar over det.".

Røret blev klasket på i den anden ende og der bredte sig en talende stilhed i lokalet.

Sprængt idyl i paradis

De følgende fire dage blev idyllen, der håndhævedes af de talrige kameraer og de lovpligtige sensorer, udfordret, som det kun var sket engang før i den mellemstore probinsby.

Byen havde under besættelsen tjent tykt på de tyske troppers tilstedeværelse. Der havde været nogle få opgør, sat i værk af Frihedsrådet, lige efter krigsafslutningen, hvor man havde udpeget de personer og virksomheder, der havde samarbejdet på landet bekostning. Få, fordi tusinder af sagsakter og dokumenter, på uforklarlig vis, var forsvundet i månederne op mod frihedsdagen. Ingen kunne gøre rede for, hvor de var blevet af, så det var kun nogle ubetydelige fisk, der gik i nettet, og blev dømt for landsskadelig virksomhed. Som ofte var disse personer, folk i nød, der havde bedrevet deres affærer enten af ren og skær eventyrlyst eller bare overlevelseskamp. Det flertal, den rest, der gik fri, var, som regel, drevet af et eneste incitament; grådighed. Denne gav byen sin senere fremdrift, og alle ting kom langt hurtigere i gang, byggeri, forretningsliv, alt. Byen blev et forbillede, hvad driftighed og genopbygning angik. Der var penge i rigelige mængder blandt mange, og derfor lykkedes det i løbet en ganske kort årrække, også at tiltrække mange tilflyttere, heriblandt flere velhavere. Det gjorde også sit til, at det var et attratktivt sted at bo med smukke omgivelser. De mange penge i omløb, med ophav i tyskernes spendértrang og plyndring af National-banken, skabte også flere bankvirksomheder. En af dem havde, allerede under tysker-tiden, haft mange forretninger med tyskerne, men også her kunne der ikke føres sag efter krigen. Alle papirer var væk og ingen vidste noget, og slet ikke kommunens folk. Sådan var der mange ting, der var forsvundet og ingen arkiver kunne bidrage med at sammenstykke de begivenheder, der lå bagud. De måtte enten overleveres mundtligt eller via dagbøger, der engang imellem dukkede op fra deres skjul.

Tilflyttere undrede sig ofte over, at der var en speciel kultur, noget udeffinérbart, i byen, noget i stil med; Her er ingen konflikter, alt er bare godt, dejligt. Og byen var også smuk, alt blev holdt pænt og nydeligt.

Der var ansat meget personale for at passe fortove, græsplæner, bænke, ja alt, hvad byens gæster kunne støde på. Overalt så man dem med deres deres orange veste, ifærd med at tage noget op i posen eller feje. De seneste års massive udflytning af arbejdspladser, der som regel gik ud over folk med lave uddanelser, havde medført et behov for alternativer, som blev renovationsarbejderfaget. Blandt de ufaglærte i byen var også mange indvandrere, endog et par enkelte med professor-titler. Det var en gåde, både hvorfor disse par personers faglighed ikke kunne anvendes bedre, men også, hvorfor de affandt sig med tilstanden, men det var blevet sådan, at myndighederne for mange år siden var ophørt med at interessere sig for den enkelte. Godt nok havde man, i en kort periode, forsøgt, at rette op på, et ultimativt ringe beskæftigelsessystem, men det var mest ment som symbolpolitik. Bagved var den overordnede linje, at man havde givet op. Først og fremmest udfra et økonomisk aspekt og fordi udflytningen af arbejdspladser efterlod en umulig opgave med henblik på at skabe relavante arbejdspladser. Politikerne havde længe gået rundt omkring den varme grød. De forsøgte med det signal, at vi kan da sagtens herhjemme, og vi skal nok finde "rigtige" arbejdspladser. Og, "der er plads til alle". Virkeligheden var; det var der bare ikke. Og det blev en opgave, at få dette formidlet og gjort acceptabelt, også, at de jobs, der blev skabt i erstatning, både havde en samfundsbevarende funktion og var væsentligt ringere aflønnede. Nogen talte om en ny slavestand, andre, og det var mest personer, der havde deres på det tørre, at hvis vi ikke gjorde dette, så ville det gå helt galt. Det underlige var, at den store stadigt voksende skare af anden-rangsborgere, som det jo efterhånden var blevet, kunne være vidne til, i deres eget land, at der rundtomkring, både offentlig og privat, skød store palæer og bygninger op, og, at andelen af luksusbiler og andet avantgardistisk symboltingeltangel, voksede proportionalt med tilvæksten i renovationsarbejdere. Renovationsarbejder dækkede ikke helt. Der var andre jobs, der også kunne tilbydes eller blev skabt mulighed for, ofte noget, der gavnede borgerskabet; hundelufter, mælkehenter hos købmanden eller multiservicemedarbejder, hvilket bare betød – en tjener uden rettigheder.

Demokraten lod bomben springe om tirsdagen, og overskriften lød:
"Borgmesteren involveret i stor skatteundragelsessag"
og nedenunder.
"Mange kendte involveret ....".

Som redaktøren havde forudsagt, blev der solgt ekstra-godt, af avisen, denne og de følgede mange dage. Snakken gik mellem folk, og forargelsen. Den kendte ingen grænser og lød som: "Ja, tænkte vi det ikke nok", og "Hvad sagde vi, det måtte jo komme" og sådanne andre lignende sætninger.

Fakta var, at ingen kunne tænke noget, fordi ingen vidste nogetsomhelst. Hvad der var dukket op af belastende materiale, var udelukkende sket på baggrund af, særdeles dygtigt og ihærdigt journalistarbejde. Modsat efter besættelsen, lykkedes det journalisterne at finde kilder. Men dommen og stemningen blandt folket var hård;

ingen nåde og slet ingen barmhjertighed, næsten som præludiet til at opføre en galge på byens højeste top. Så vidt kom det dog ikke, men presset på borgmesteren var til at tage og føle på.

Det vidste viceborgmesteren også. Hun stod hjemme i sin stue. Den var fyldt med kaktusser af den ene og anden slags. Det var hendes store lidenskab. Her stod hun, foroverbøjet, ved sit skrivebord og læste tirsdagens udgave af Demokraten og var godt tilfreds med hvad hun kunne udlede. Men, hvor var det dog overraskende, hvor stor en sag, det rent faktisk var. Det havde hun aldrig kunnet gætte sig til, heller ikke i sin vildeste fantasi. Både den ene og anden, kendte såvel som ukendte, her fra byen, fra andre byer og udlandet, jamen dog, hvad mon det ikke ville føre til? Det sidste var hun kun usikker på, hvad angik alt andet end byrådet. Her var det kun et spørgsmål om tid, så ... . Hun fuldførte ikke sætningen. Mobilen ringede. Det var hendes lokale partiformand, der var i den anden ende.

"Ja, hej, det er Magnus. Du, du har vel allerede læst Demokraten?".

"Ja, jeg er lige igang med at læse den anden gang!".

"Sikke en historie, hvad? De sidste ord blev sagt, med overraskelsens ærlige udtryk som ledsager. Han fortsatte: "Den havde du ikke set komme eller hvad?".

Plum ventede lidt med at give svaret, inden hun uskyldigt svarede; "..., nej. Men, som så mange andre, har jeg også haft en mavefornemmelse at, at et eller andet var galt med den mand. Altid så jovial, så ..., ja, du kender ham jo! Så både ja og nej. Men jeg havde da aldrig troet, at det var så groft!".

Det sidste blev sagt med en tydelig indignation, der godt og grundig skjulte den løgn, hun just havde bedrevet. Hun vidste jo i den grad, at borgmesterens havde været involveret i noget snavs. Det havde hun blot ikke informeret sin formand om.

Formanden spurgte: "Jamen, hvad tror du nu, at der sker?". "Ja, det er jo ikke godt, at vide. Men det første der skal ske, det er vel, at vi snarest muligt får indkaldt til et ekstraordinært byrådsmøde. Og så må vi se.".

Plum havde allerede planen klar og listen over, hvem hun skulle ringe til. Derudover havde hun, allerede ved første gennemlæsning med kaffekoppen i hånden, påbegyndt, den dagsorden , der skulle gælde. Den var ganske ligetil at forholde sig til.

Punkt 1 hed: Tillidsafstemning mhp. borgmesterposten, hvorefter der kunne gåes videre til punkt 2, der hed konstituering af ny borgmester, og indkaldelse af næste byrådsmøde samt suppleant for nu tidligere borgmester Bent Jensen. Sådan var politik, og nu skulle der andre til fadet. Formanden hostede i telefonen:

"Undskyld. Jo, jeg har også informeret vores landsledelse om det. De ser en mulighed for en borgmesterpost. Er det også sådan, du ser det?".

Plum forsøgte at lyde ydmyg: "Ja, nu må vi lige se. Men chancerne ser da ganske gode ud. Og måske, nu er han jo ikke dømt endnu, skal vi lige have med, så begynder det med en konstitueret post. Først skal han have en mistillidserklæring. Det er stemningen omkring denne, jeg nu vil lodde om lidt, hvor jeg ringer rundt til mine byrådskollegaer!".

"Godt så. Vil du give besked, enten over mail eller bare ringe, når du er klar med en prognose? Byen ville være en god platform, at have, så vi skulle gerne få opbakning til en borgmesterkandidat. Og det er jo dig. Det kan vi jo nok ikke komme udenom. Men nu vil jeg ikke tage mere af din tid. Vi tales ved. Hej."

Formanden lagde røret, og Plum satte sig i den storblomstrede stol i stuen. Den ene væg var fyldt med kongeligt porcelæn, den anden med tre store Claude Monet billeder, litografier. I baggrunden tikkede et bornholmerur og slog et slag. Der var ryddeligt, rent og bar tydeligt præg af, at være et hjem uden børn. Hunden, Baldrian, en ruhåret hønsehund, vimsede nervøst rundt, men krøb på plads i sin hundekurv, som kun en hund kan gøre det, da den fik en kiks fulgt med en uforståelig ordre:

"På plads! God vovse. Der er der du skal ligge!".

Geld regiert die Welt

Det havde været dagens største overraskelse for Hans Birk, da han kort efter samtalen med præsten, og nogle dage forinden offentliggørelsen af skandalen, havde opsøgt borgmesteren. Livet var fyldt med overraskelser, og denne gang, ikke en mindre af slagsen. Hvis han havde kunnet, ja så havde han hoppet og danset hele vejen hjem, men nu måtte han nøjes med at rulle.

Borgmesteren havde, da Hans i receptionen havde sagt, at han uopsættelig skulle tale med borgmesteren, uden omsvøb sagt, at det var ok, hvorefter turen pr. elevator gik direkte mod borgmesterkontoret. Det var som om, at han var ventet, hvilket han jo også var. Inden han kunne få lejlighed til at forklare sig, begyndte borgmesteren;

"... ja, vi kan jo godt se, at du ikke helt får den service, som du har krav på. Det vil vi gerne gøre noget ved!".

Hans undrede sig: "Jamen, kender du mig? Jeg er ikke helt med?".

"Jo, ser du, af og til, så er det som om, at tingene, på en pussernøjelig måde, falder sammen. Og tilfældigvis, så nævnte en af mine medarbejdere just dig, som en af dem, hvor vi godt kunne gøre lidt mere. Så, fint, at du selv lige kom forbi ...".

Borgmesteren var begyndt, at tale sig varm, og vidste, at det altid var godt, at præsentere folk, for noget godt, inden man eventuelt gik over til noget andet.

"Jamen", forsøgte Hans Birk sig igen, "Det er slet ikke derfor, at jeg er kommet, jeg er egentlig ganske godt tilfreds med servicen. Selvom. Når I nu ligefrem vil tilbyde noget ekstra ...". Han fik ikke afsluttet sætningen.

"Nej, der er ikke tale om noget "ekstra", men hvad tilkommer mig ellers æren af dit besøg?".

Hans skulle lige tænke over den noget gammeldags tiltale, men forsøgte at svare uantastet:

"Ja, ser du, borgmester, jeg løber rundt med lidt dårlig samvittighed!".

"Nå, nå, var det så ikke en bedre ide, at tale med en psykolog eller præst?". Borgmesteren havde en fornemmelse af, hvor sagen var ved at dreje sig hen, så han fortsatte:

"Normalt, når folk kommer her og siger det, du siger, så handler det om – penge. Er det det, det drejer sig om?".

"Ja, mange penge!", svarede Hans henkastet og i et dæmpet tonefald: "Og præsten har jeg allerede talt med. Han sagde, at han syntes, at det var en god ide, at jeg opsøgte dig. Så det er det, jeg nu har gjort!".

"Men præsten, siger du. Er det ikke ham, du jævnligt har haft dine diskussioner med i avisen? Og været dybt uenig med?", sagde borgmesteren med den allermest indsmigrende stemmeføring.

"Jo, men han var fin nok at tale med. Godt nok lidt for sig selv, men jeg fik det ud af det, jeg ville!".

Borgmesteren havde en anelse om, hvad det kunne være og spurgte: "Og, hvad var det, om jeg må spørge. Jeg kan forstå, at det havde noget med penge at gøre!" opsummerede borgmesteren.

"Ja, jeg for et stykke tid siden arvede jeg en kæmpemæssig formue. Og.", han tøvede inden han fortsatte, ""Glemte", at fortælle myndighederne om den. Det vil jeg gerne råde bod på nu. Kan vi finde ud af et eller andet?".

Borgmesteren måtte lige sunde sig lidt. Kunne man være så heldig … . Her sad, Hans Birk, og fik brikkerne til at falde på plads. Selvfølgelig. Når der intet havde stået i kommunedokumentet om arven, så var det jo fordi, at Sociedade de Advogados og det tilknyttede danske advokatfirma intet havde meddelt og sørget for at det var muligt. Det var en af deres specialer. Selvfølgelig.

"Fortsæt", sagde borgmesteren.

"Ja, jeg har så tænkt på, hvordan jeg skal sørge for, at få tingene i orden. Det er vi alle bedst tjent med. Kan man betale sig fra det, eller?".

Den tvivl som Hans Birk lod titte frem, handlede mest om, hvorvidt den kriminelle handling, betød straf.

Borgmesteren øjnede en, i sine øjne, nærmest skæbnesbestemt mulighed, hvor han sprang over alle mellemregninger. Det her var næsten for godt til at være sandt: "Ja, det tror jeg sagtens vi kan", sagde han på en særegen opstemt facon, og sluttede med:

"Jeg tror lige, at jeg giver Ulla, min sekretær besked", hvorefter han trykkede på knappen ud i receptionen: "Ja Ulla, jeg vil ikke forstyrres den næste time.".

Hvad der foregik den næste stund, mellem de to mennesker, var og forblev en hemmelighed mellem dem. Intet notat blev skrevet, kun et håndslag, og et medfølgende:

"Du skal bare give dit ja, når Bentonas fra Sociedade de Advogados ringer dig op.".

Da samtalen var slut åbnede borgmesteren døren for Hans Birk og gav ham hånden med et "1000, 1000 tak for det, og så snakkes vi ved og nu må du love mig …".
Som en anden triumfator sad Hans der, mens den anden som en servil tjener bukkede, gned hænderne og nejede. Men det var som om, at de i ånden begge spejlede

hinanden. Et underligt skue at se på for Ulla, sekretæren, men hun var så vant til mange sjove scenarier. Der skete de sjoveste ting med folk, der var i nærheden af en borgmester. Da Hans Birk var kørt ud i elevatoren, drejede borgmesteren rundt, mens han gav et lille hop, en indikation på, at han var glad, jublende glad. Misison impossible var allerede på vej til at lykkedes. Næsten helt af sig selv.

Da Hans Birk var kommet hjem, rullede han over mod sin designersofa og tændte for sin 110 tommers. Den var blevet standardstørrelse, et helt almindeligt stykke interiør hos alle danskere. I løbet af årene var der altid sket det, at det man kaldte stort, en 20", 26, 32, 40, 50", på et tidspunkt var blevet allemandseje, og dermed på en måde noget småt. 110" var grænsen, hvis ikke, at husene skulle bygges større. Og det gjorde man dog trods alt ikke, heller ikke i vækstsamfundets navn. Nu var det kun et spørgsmål om at optimere. Her var grænsen for perfektion snart nået, og skulle man skille sig ud, købte man altid et avantgardeprodukt, selvom det indeholdt akkurat det samme teknologi som de ordinære produkter. Der var kun tale om snobeffekten. Sådan et apparat havde Hans selvfølgelig også købt. Kabinettet var i kulfiber og benene i en platinlegering. Modsat størrelsen på tv´et var der ikke megen plads I Hans Birks hjem. Lædersofaen med det fyldte bord foran, optog 2/5 af rummet, og hjemmehjælperen måtte altid skubbe til det for at kunne komme til, når hun støvsugede, som regel med et par cigaretskoder, nogle chokoladepapirer og gamle chips som gevinst. Det førte altid den samme replik med sig:

"Hans, du er et svin, ved du godt det? Tag dig nu lidt sammen ...,".

"Ja, mor", sagde Hans så, tydeligt glad for at få sparket, og at en moderlig stemme gad at sige det til ham. Selv gad han ikke så meget mere, men i dag, var han, på en nærmest glemt måde, glad. En utrolig historie og aftale hos borgmesteren.

Han zappede over til næste program, det kedede ham lidt, zappede videre igen, og hørte bagved sin gekko, der sad i et terrarium, pibe. Nå, nu skal den vist snart have mad igen, men det kan vist godt vente lidt, tænkte han. På grund af besvær med at bedømme afstande, fordi han havde mistet det ene øje, var det dejligt med det her store TV. Egentlig var det jo ligemeget, at det var så dyrt, når man nu kunne få et ligeågodt til billigere penge. Men, når man nu havde monetene – og de ikke længere stod i fare for at blive mistet, i bogstavligste forstands livsforsikret, via den lille samtale med borgmesteren, så ... .

Det var som at vinde i lotto engang til. I aften behøvede han vist ikke at tage en rohypnol for at falde i søvn. De virkede alligevel heller ikke altid, ofte blev han ligefrem aggressiv af dem, så derfor solgte han dem nede på den lokale bodega, selvom, han da sagtens bare kunne have givet dem væk, men sådan skulle det jo heller ikke være.

Borgmesteren havde også vundet i lotto. Tanken om at skaffe penge til opkøbet af Demokraten havde båret frugt. Ikke at Hans Birk alene skulle betale gildet, nej, han var en del af det, og aftalen de to havde lavet, nå ja, det var det man bare kalder en god aftale, hvor han, borgmesteren, talte videre med Sociedade de Advogados. De havde fundet ud af et fælles hadeobjekt, præsten og alt det han stod for ... . Så at kunne forene deres kræfter, jamen, hvad mere kunne man forlange. Fremover, når købet var en realitet, så, ville subjekter som dem, ikke mere få adgang til mediet. At borgmesteren så syntes, at Hans Birks indlæg var en omgang depraverende tomgangssnak, var en anden sag. Målet helliger midlet, og nu var målet vitterlig i sigte. På en måde kan man sige, at de to, de to borgere, nu sad i lommen hinanden. Det virkede absurd, hvad det også var. Et bysbarn, der havde arvet en formue, en borgmester, der blev reddet via denne formue og et bysbarn, en mangemillionær i et hul, der levede videre, som om intet var hændt, og ingen kendte til denne formue ... . Det var da lige til en scene i Monty Phyton for mange, mange af år siden. Man kan sige, tænkte borgmesteren, at det er årtiers chance for at kvæle den sidste rest af de altid trælse debatter.

Han kunne godt se, at det var en problematisk tankegang, men hvad, de her moralister, præster og journalister. Han var godt og grundigt og indeligt træt af dem. Nu stod, i første omgang, journalisterne på demokraten til at få sig en forskrækkelse. Ih, hvor han glædede sig. De andre i "fællesskabet" havde allerede tilkendegivet deres støtte, så selvom Hans Birk ikke havde sagt "go", så skulle de nok alligevel have fundet en vej til at få løst problemet. Men taberen Hans Birk var blevet en vinder, eftersom der var penge i ham. Mange penge. Sikke da et dejligt bysbarn at have, også til andre ting, smålo borgmesteren for sig selv. Den tanke, at der var tale om et moralsk forfald af de helt store, stod ham i situationen, ganske fjern. Moral var ikke en efterspurgt vare på hylderne. Hensigtmæssighed betød alt, og så måtte principperne vige, gang på gang.

Muslimer kan da også tænke

Kemal sad andægtigt på bedetæppet, iført sine hvide bomuldstennissokker og et sæt beige joggingtøj, i den karakteristiske stilling, der gælder for muslimer; foroverbøjet med hænderne strakt helt op, som når man skal springe på hovedet i svømmehallen, og gør klar til at dykke. Foran sig havde han det kompas han havde fået af præsten for at være helt sikker på, at retningen passede, selvom Wilfred havde sagt, at nålen vistnok var lidt i stykker. Når han nu havde fået det, kunne han ligesågodt bruge det.

"Allah, ach bah", sagde han, og dykkede ned, og havde som så mange andre, der bad, hovedet fyldt med alle mulige andre tanker. I al menneskets fuldkommenhed, så genialt skabt som det end var, var der en mangel, som han godt vidste, det kunne være vanskelig at argumentere imod. På det her punkt, koncentrationen, kunne Vorherre eller hvem det nu var, der sad deroppe og styrede det hele, godt have udrustet os med en lidt bedre regulator, en indvendig gps, der kunne holde en nøjagtig kurs så præcist som et missil. Men sådan var det ikke. Tankerne gik, denne aften, endnu engang, i alle retninger. Hvis de havde været raketter, havde det handlet om at komme i dækning.

Kemal spekulerede på, alt imens han fremsagde "Allah, ach bah", om det mon ikke gjaldt for alle bedende, uanset hvad de troede på, at de kendte til fænoment; tankemylder. Alt imens man er i gang med at finde ord til at formulere sin allerbedste, allerinderligste og allerfrommeste bøn, det retoriske mesterværk, så kom de - forstyrrelserne. En efter en. Man kunne fange sig selv i, at tænke på, om kaffemaskinen mon var slukket, om man havde hul i strømperne, hvornår pakken på postkontoret skulle hentes, ens drømmebil eller, hvad mon de andre tænkte, især om, at man lå med rumpen i vejret, som regel sammen med mindst 200 manderumper. I den forbindelse kunne man endda komme til at tænke på, om der bagi bukserne mon var et hul.

Der havde de kristne det nemt. Set fra muslimernes synspunkt, havde de vistnok ingen regler, hvad angår bedestillinger eller ret meget andet. Ingen regler, at all, og Kemal havde jo også nær anledning til at følge præsten. Det virkede ærligt talt som om, at Wilfred, midt i sin fanatiske seriøsitet, der kunne gnistre af lidenskab, havde et ret så afslappet forhold til netop bøn. Mest af alt virkede det som om, at han talte til en ligeværdig partner, en bror eller mere, en ven, som han kaldte Jesus.

"Allah, ach bah", gentog Kemal, men de forstyrrende tanker ville ikke forlade ham. Han havde bag døren, for en måned siden, hørt Wilfreds ene barn på syv år, Mette, spørge:

"Mor, hvem er ham der Allan, de beder til, dem der, muslinger, henne i børnehaven ...!", og hørt, at de ikke kunne lade være med at le, og så havde Wilfreds kone sagt;

"nej, Mette, det er ikke Allan de beder til, det er allah. Og de hedder muslimer.".

Så havde barnet spurgt: "Er det den samme Gud, som vi tror på, mor?", hvortil svaret havde lydt:

"Nej, det er det ikke, men jeg tror, at du skal få far til at forklare det bedre end jeg kan!". Det svar havde barnet naturligvis accepteret, og så var Kemal kommet frem bag døren.

"Hej Kemal", havde Mette sagt, "er du også en musling?"

Kemal var blevet lidt befippet over den ligefremme facon. Datteren lignede faderen noget, men han tog det alligevel med et smil.

"Nej, jeg er muslim .... !" "... og tror på Allan ..., og må ikke spise pfølser ...". fortsatte barnet, og så sluttede den der med en Kemal, der ikke kunne lade være med at grine.

Og Kemal troede, som Mette så smukt havde udtrykt det, på allah. Ikke så fanatisk, at det gjorde noget, han var trods alt shiamuslim. De var kendt for deres mere moderate holdninger. Danmark havde modtaget en masse sunnier. Han kunne godt forstå, at danskerne havde vanskelig ved at skelne mellem den ene og den anden gruppe. Når man som vesterlænding i tv-avisen, så f.eks. en gruppe asiatere, så lignede de alle hinanden og det gjaldt nok også den anden vej. Der var ikke til at kende forskel, og sådan var det også, når man talte om, muslimer.

De havde heller ikke, gennem mange år, gjort det nemmere for sig selv. Først sent begyndte de at forstå, at de også selv havde et ansvar for, at gøre opmærksom på, hvilke holdninger de repræsenterede, især når det gjaldt terror og samfundsforhold, og at der var forskel på muslimer. De troede, at andre klarede opgaven for dem, men sådan hænger tingene jo ikke sammen. Selv var han flygtet fra et af de sidste muslimske diktatur-lande, hvor hans trosretning var forkert. Havde han boet i et andet land, havde den været rigtig. Og sådan var der så meget.

Flugten havde været en utrolig hændelse, hvor han, af uransalige grunde, var sluppet levende igennem grænsekontrollen. Netop den dag, hvor han krydsede grænsen, havde der været ekstra megen kontrol, men baggagerummet han sad i, blev aldrig åbnet. Han havde svedt forfærdelig, fysisk såvel som det nærmeste man vel kommer dødsangst. Så da de endelig var kommet over grænsen, og baggagerummet blev åbnet, havde der mødt føreren af bilen en ulidelig dunst, et ubeskriveligt øjeblik. Men mødet med friheden, og den ny virkelighed, havde neutraliseret alle ubehag og taknemmeligheden, den kendte ingen grænser. Det havde kostet ham titusinder af dollars og schweitzerfranc, men det var det mindste. Bag ham lå en historie, om en familie, hvor faderen havde været en af styrets nærmeste og højst placerede embedsmænd. De havde været helt tæt på, så tæt på, som man kan komme på toppen og set ting, som er bedst tjent med aldrig nogensinde at blive nævnt. Når faderen var blevet valgt til stillingen, handlede det dels om, at han havde været en højt begavet personlighed, dels, at han var af en kongeslægt samt, at styret havde oplevet en demokratisk proces, hvor han havde været inddraget som en af de ledende figurer. Med ét, i løbet af uger, gik det anden vej igen, og Kemals fader kom i fængsel og siden hørte familien ikke mere til ham. Det var forfærdeligt, og moderen blev en aften uden varsel eller grund afhentet af det hemmelig politi, og Kemal og broderen kom på børnehjem, og så ... . Deres land blev et forfærdeligt skindemokrati med brutal undertrykkelse. Udadtil ren og skær facade, hvor andre lande stadig på skrømt tiltroede dem det bedste, og leverancer af den forbistrede olie spillede jo stadig en rolle, og indadtil, frygtelige progromer. Men dem var historien jo så fyldt med, så ... .

Kemal tog sig i, at stirre ud i rummet. Det var ikke mange møbler her, sporadisk indrettet. Nu havde han boet her i 9 måneder. 9 måneder, hvor han var blevet en del af familien og, hvor han grundet sit gode sprogøre, på glimrende manér, havde tilegnet sig det danske sprog. Han havde siddet med sin mp7´er og lyttet til de der mærkelige lyde, der mest lød som mumlen, modereat gurglen og udeffinérbare strubelyde, men altså var det man kaldte dansk. De var nogle utroligt søde mennesker i huset, og børnene havde ikke været i nærheden af at røbe noget om "den fremmede mand". Det var i sig selv et mirakel. Man kunne jo godt tænke sig, at en syv-årig pige som Mette, men nej, det var som om, at en eller anden holdt hånden over ham, ja netop, mirakuløst. Sådan nogen troede man på, "allah ach bar", også på som muslim.

Danskerne, hvad troede de på. Ihvertfald nok ikke mirakler. Han kløede sig i nakken, og faldt i staver igen. Ja, hvad troede de egentlig på, ja, han vidste godt, at rigtig mange var gode til at sige, at de troede på sig selv, eller det var ihvertfald vigtigt, at man gjorde det. Men, var det det eneste. Bare at tro på sig selv? Det måtte da føre til mange ensomme mennesker, og det var nok også det han mest hældte til. I Danmark, var mange meget ensomme. Og vejret gjorde nok også sit til det. Man kom ikke så meget udenfor i store perioder af året. Ham præsten, Wilfred, havde også en tro. Og det skulle han jo også have, han var jo betalt for det. Staten gav stadig lidt tilskud, en ubetydelig sats, til det, men nu gav de ligemeget til alle religioner. Der var sket en stor nivelering, i den bedste relativistiske ånd. Wilfreds kirke var fyldt søndag efter søndag, men mange andre, det vil sige de fleste, de var gabende tomme. Istedet for at rive dem ned, havde andre religiøse ledere talt for, at de kunne da bare genanvendes. Derfor var en del af de tomme kirkebygninger, i ligestilingens navn, blevet ombygget til danske varianter af buddhist- og hindutempler samt andre religøse varianter, hvor klokketårnet stadig var intakt, men, hvor elefanter og andet mystisk pynt, såsom slanger, tigre og lignende, prydede bygningerne. Kirkeklokkerne lød forøvrigt heller ikke mere ud over landet, og slet ikke i byerne, derimod gong-gonger og store bambusrørs åndeforskrækkende hule lyde. Folkekirken havde mistet 10.000 tusinder, 100.000 tusinder af medlemmer og var egentlig ikke en Folkekirke mere, men blev drevet af små tilskud navngivet som kulturstøtte. Det religiøse udbud, hvor kirkens funktion blev stadig mere og mere marginaliseret, var drevet frem af politikernes fryd og fascination af begrebet mangfoldighed. Man var heller ikke længere bange for islam, eftersom, ja man havde fået de rette styringsredskaber til, at styre uhensigtsmæssige udviklinger, som det blev kaldt. Det religiøse udbud, der således havde fået en fysisk manifestation, svarede i langt højere grad til, hvad der var folkesjælen. Den havde skiftet én Gud ud med tusinder. Alt dette havde Wilfred fortalt Kemal, og det gav anledning til at stille spørgsmålet: Jamen, troede danskerne da overhovedet slet ikke på én suværen Gud, overhovedet? Det var nok det mest slående ved landet, på trods af mangfoldigheden, var der en enorm gud- eller rastløshed, en enorm frygt for at tale om noget så almindeligt som – tro. Overalt på kloden var det almindeligt at skilte med sin tro, blot ikke i lille Danmark. Han kunne godt tillade sig at tænke "lille Danmark" - det var vitterlig ikke et stort land. Hvis man spurgte en almindelig dansker, hvad meningen med livet var, var han sikker på, at svaret ville være: Ja, for at arbejde og tjene til føden og se TV, og komme på skiferie. Kemal, gav et suk, han savnede samtalen om tro, om de større værdier, men den kunne han nok ikke få med danskerne, undtagen ham den elskelige tosse, præsten, som skæbnen havde ført ham sammen med. Og ihvertfald kunne det for tiden kun blive til samtaler med folk fra det netværk, som skjulte flygtninge og som engang imellem kom på besøg. Myndighederne var begyndt, at sætte folk i fængsel for denne gerning. Ren og skær humanisme, den nødvendige og uopsættelige moralske gerning, var blevet en forbrydelse. Hvorfor mon denne udvikling?

Danskerne mente selv, at de var gode til at være åh så kritiske, men virkeligheden, som Kemal så det, var, at de var enormt modulérbare. Hvis man skulle tale om tro, var det tydeligt, at de troede klippefast på deres uddannelsessystemer. Og her var de vitterligt dygtige, ja prøvede konstant, at måle sig med verdens bedste, og gjorde meget ud af netop, at fremme selvstændighed. Ja, det sagde man, men glemte at fortælle, at det var kritisk på den måde, *læreren* var kritisk på. Det var selvstændigt på den måde, *lærebøgerne* fortalte om selvstændighed på, og moralsk på den måde, som var mest hensigtsmæssig og som passede på *situationen* ... ., sådan havde Kemal fået det fortalt af en af sine fætre, der også flygtet til Danmark, men nu var taget væk igen. Og måske passede situation pt. bedst til, at flygtninge og dem, der hjalp dem, skulle straffes. De sidste 3 år havde den kritiske sans mistet noget af kadencen. Man rettede ind, mest af frygt, fordi kontrol, var blevet den helt normale integrerede del af hverdagen. Det var underligt for Kemal, at være vidne til, når han nu faktisk var flygtet fra noget, der lignede. Han havde faktisk også troet, at Danmark var noget andet end det, det var blevet til, men ligesom i hans eget fædreland, var tingene også gået stærkt her. Der skal ikke mange dårlige ledere til for at forandre meget, måske alt, og man kan ikke altid lodde hvorfor, var det altid bare ren og skær magt, der stod bag? Eller tilfældigheder? En metafysisk styring? Og de havde vitterligt haft travlt, politikerne. Inden man kunne nå at tælle til 10, var love blevet gennemført, og inden man kunne tælle til 100 var samfundet forandret. Lovenes bogstav, ikke åndens, blev vigtig. Man gad ikke tolkningerne mere, de var så besværlige. Når der stod sådan, var det sådan, ikke mere vrøvl. Han kendte ganske glimrende et lov-samfund, og hvordan det var. Og det var nu ikke bare skidt, det her med regler, det gav jo en tryghed, en forudsigelighed med faste ritualer og en masse andre skrevne såvel som uskrevne love, hvor man også kendte sin plads og rolle. Det var bare, når det blev for meget, at det blev træls, og her i Danmark, var det blevet for træls. Hvor mange muslimske lande havde et religiøst lovsamfund, havde danskerne bare et, nemlig et lovsamfund. Det kunne også være hårdt, især, når der ikke længere var inkoorporeret nogle værdier i lovene. Sådanne brugte man ikke mere, for hvilken værdi skulle man anvende? Alt var jo lige gyldigt. Kemal holdt meget af de her danskere, hvor tusinder af flygtninger, også nogen der var kommet til før ham, flygtede til, fordi de søgte – friheden. Han undrede sig over, hvordan danskerne nu var i færd med at miste denne, og at de ikke selv kunne se det. Kunne det hænge sammen med, at sådan er det tit, at når man har det godt, så glemmer man at påskønne, hvor godt man egentlig har det, og så glider man over i en tilstand af tornerosesøvn? Hvad mon Wilfred mente om det? Ja, hvor var han egentlig henne? Hov, han kunne høre nogen ringe på døren, han bøjede sig fremad en sidste gang og sagde; "allah, ach bar", rejste sig op og tog sin mp7´er på og gik hen mod sengen, lagde sig og lyttede til noget musik med den tyrkiske popsanger Ehmet Nidal. Efter to minutter var han faldet i en dyb søvn.

Bag en mand står Martha

Udenfor stod regnen ned i stænger, og piskede snavset op på de nypudsede vindu-er. Martha ærgrede sig, at den fine udsigt, på denne måde, blev hindret af naturens lune. Hun vidste, at så snart det var tørt og solen skinnede på ruderne, så ville de igen være dækket af et fint lag af indtørret gråt gennemsigtigt støv. Det var igår, at de var blevet pudsede. Men, som så meget andet, var det jo ikke noget man kunne gøre noget ved, der var kun kineserne sammen med amerikanerne, der kunne finde på, at skyde kemiske raketter op, for at drive skyer væk. Så langt var vi da heldigvis endnu ikke kommet. Desuden lå lå det hende fjernt, at ærgre sig. Det lod hun andre om. Hun jokede med, at det kan godt være, at pessimister får ret – men optimisterne har det langt sjovere. En glad natur var hun, og plejede at tage tingene akkurat som de kom. Udefra set, var hun det perfekte match til et menneske, der havde viet sit liv til politik. Og det havde hendes mand gjort, selvom hun allerede i begyndelsen af deres ægteskab havde sagt; hvad vil du da der? Giver det meget andet end – bøvl? Og med bøvl mente hun; alle de knubs og benspænd, ufine taklinger og dybe furer i panden, forårsaget af seriøse spekulationer, men hun havde også accepteret, at det var det, han kunne lide. I tilgift gav det jo også en vis status, og man mødte så mange spændende mennesker, og ikke mindst kendte personligheder. Alt andet lige var der jo forskel på at være renovationsarbejderens kone eller .... borgmesterens førstedame, nå nej, byens, selvfølgelig.

Martha kom i tanker om, at første gang hun havde mødt Bent, så havde hun tænkt, sikke et skår og han har da noget format over sig, men nøj, hvor han da snakker om politik, som om, at alt drejer sig om det. Er han da ikke klar over, at det tænder piger da slet ikke på. Så selvom hun med al sin charmes væsen, gjorde alle mulige forsøg på at indynde sig hos ham, så gik der lang tid, inden fem-øren faldt for ham. Og som det er vanlig med mænd, så gik vejen til Bents hjerte, gennem maven. Bent glemte aldrig, den svenske pølseret, han havde fået serveret, første gang han besøgte hende. På det seneste havde lægen dog gjort hende opmærksom på, at manden sagtens kun-ne tåle lidt mindre kærlighed ... . Måske ville han endda have godt af det. Først havde Martha ikke helt forstået hendes ord, der havde karatér af en antydning, men det gik hurtigt op for hende, hvad hun mente. Nu kendte hun også lægen så godt, at hun ikke havde taget anstød af, hvad skal man sige, de ret så indiskrete ord. I den efterfølgende periode, blev der så, til Bent store græmmelse, serveret salatkompositioner, i alle mulige og umulige varianter. I weekender var der søndags-ret, hvilket bestod af en nøje afmålt portion kyllingekød. Bents lakoniske kommentar var; han vidste heller ikke, at kylling kunne tilberedes på så mange forskellige måder, hvortil Martha havde repliceret; "... jaamen, Bent. Du ved jo, at det slanker, og det er sundt. Du har allerede tabt dig et et til to kilo ... ".

Ét til to kilo var cirka 1 % af, hvad han vejede, alt inclusive plus minus det løse. Bent så i horinsonten sig selv svinde ind til et til, nå ja, hvad man nu sådan kan svinde ind til. Eftersom der da allerede var gået tre uger med et "totalstop" for adgangen til alle verdens fedende produkter, var Marthas faktuelle kommentar, dog ikke jordens største motivationsfaktor.

I bakspejlet kunne hun godt se, at hun måske bare skulle have sagt; "det går fremad, Bent.", og det ville have været det pædagogisk rigtige svar.

Hele to måneder fortsatte deres ihærdige forsøg på at efterleve slankebogens 10 bud, indtil Bent, efter at være kommet hjem fra arbejde, havde slået i bordet og sagt:

"Martha, nu skal der altså noget kød på bordet igen ..., jeg kan ikke holde mere salat ud, jeg begynder at få lysegrønne tænder! Se, jeg har købt en lækker roastbeef til i aften! Den skal bare have et par timer på 160gr. Så er den klar!", hvorefter han hev det vakuumpakkede kødstykke op fra indkøbsposen.

Overfor en sådan charmeoffensiv, havde selv Martha måttet stride forgæves, og retten blev tilberedt uden indsigelser. Hun savnede faktisk også selv, at maden igen måtte smage af noget. Salat var godt, men ikke alt, men så havde de, og måske mest hun, jo gjort en nyttig erfaring. Der er en grænse for alt, selv for sundhed. Det manglede en del politikere blot at forstå. De havde nærmest gjort sundhed til en hellig ko, og den måtte man jo heller ikke spise. Forøvrigt var salat jo også blevet så dyrt, så alt i alt gjorde det nok ikke så meget. Man kunne jo også bare prøve på at spise lidt mindre.

Efter Bents oprør, fandt de tilbage i rytmen med at lave god gammeldags mad, og Bents gode humør vendte tilbage. Dog kunne de godt se, at deres hund, Buller, havde haft godt af deres kød-pause, men den kom sig dog hurtigt igen.

Men, hvad var det dog, der var sket her på det seneste? Hun mente dog, gennem mange års samliv, at de kendte hinanden så godt. Den mand, hun havde giftet sig med, var han kriminel, på vej i fængsel? Martha trykkede på stikkontakten ved køkkendøren og blenderen gik igang med et spjæt. Skulle hendes mand ikke være holdt for lang tid siden i det ræs, det var blevet at være fuldtidspolitiker? Det var ikke længere sjovt, og spørgsmålet var; havde det nogensinde været det? Jo, jo, gode middage, flere gode middage, med til dit og med til dat, fine mennesker, endnu flere fine mennesker, adgangen til at bestemme og ... .

Martha kunne ligesom ikke finde på flere ord, men vidste, at det nok snarere handlede om, at tankerækken blev voldsomt forstyrret af blænderen. Hun slukkede den, og tændte for radioen istedet. Jo, hvad der var sket var, at alle gik efter hinanden. Skød på hinanden, svinede hinanden til og benyttede enhver lejlighed til, at føre sig selv frem. Hun kunne ikke huske, hvad for et ord, der dækkede det, men måske var det meget mere enkelt, måske var det blot ..... .

Og der var så mange, der netop prøvede at beskrive det med mange ord. Ord, der kredsede om, men ikke var det, som der blev kredset om. Hvorfor var der ingen, der sagde netop det ord! Nå, men nu var det så blevet Bents tur til at komme i vridema- skinen. Gad vide, hvor det ville ende, men vi var jo nødt til at tage en dag ad gan- gen. Aviserne, det vil især sige deres lokalsprøjte, havde godt nok være hårde i deres beskrivelser, og hvis det var sandt, ja, hvorfor havde Bent så ikke sagt det til hende? Hvorfor havde han dog ikke nævnt de her ting, måske kunne jeg så have hjulpet ham? Martha hældte indholdet fra blenderen over i en skål og tabte en ske på gulvet. Den blev samlet op igen, og hun kiggede ud af køkkenvinduet. Her havde de plantet æble- træer sammen, blommetræer og en masse andre træer. Der var så smukt, og nu stod haven i grøde for om ganske kort tid at eksplodere i tusindvis af blomster. Inden læn- ge ville det blive forår. Hun glædede sig til denne tid, men vidste, at det langtfra gjaldt alle. Bents fortielser, tænkte Martha, hvorfor? Hvorfor disse hemmeligheder, men hun vidste også, at disse selvbebrejdelser ikke tjente til noget godt, så derfor skruede hun op for sin radio, da der kom et af hendes favoritnumre. Den næste times tid gik med, at lave en efterret, som de havde døbt "borgmesterens ret", hvor begge muntrede sig over dobbelttydningen af ordene. Som aviserne havde fremstillet det, var det nok også blot et spørgsmål om tid, hvorlænge, der var noget at muntre sig over.

Puh, Martha pustede. Det var som om, at Bent var druknet i det har foretagende, at han var blevet en lillebitte brik, i et flerdimensionelt kæmpepuslespil, helt ude af stand til at styre de kræfter, der nu var i spil. Vel havde han ansvar for sin del, men helt så enkelt var tingene nu ikke altid. Der var garanteret flere parthavere, måske nogen som havde lokket ham i en fælde? Ak ja, lille Bent, tænkte Martha, nu må vi prøve at finde en vej, men hvilken? Der er nok ikke så mange, der kommer og hjælper en borgmester, når det først går ned ad bakke. Indvendig kunne hun mærke, at hun var oprigtigt ked af det, på sin mands vegne. Selvom han ikke var en engel, langtfra, så havde han ikke fortjent denne afslutning på sin karriere. Han havde også gjort me- get godt, men det ville de nok ikke huske. Men sådan var det jo i verden, sjældent fik man tak og så var man her pludselig ikke længere. De heldige fik en statue.

Udenfor køkkenvinduet fløj en gråspurv forbi. Martha satte fadet med efterretten på bordet. "Nå", sagde hun for sig selv: "Jeg må hellere komme ned og give den lidt at spise. Fuglene skal jo også have noget, de små kræ.".

Kæmp for alt, hvad du har kært

Efter bestyrelsesmandens opringning, havde redaktør Karl Nielsen, i minutterne efter at røret var blevet lagt på, efter at chokket havde lagt sig, været aldeles rødglødende af raseri. Denne vrede blev konverteret om til arbejdssomhed, så fra at viseren stod på "dedikeret redaktør" gik nålen hen til "særdeles pikeret, beslutsom og indigneret redaktør". Han havde ikke præstens sans for religiøsitet, derimod en lidenskab for det rette. Hvad han ikke vidste var, at han netop derigennem lignede præsten.

Denne jagen efter sandhed, og komme så tæt på denne som overhovedet muligt, det var vigtigt. Drivmidlet for ham var, ikke at lægge sig fladt på maven og overgive sig til ussel fortjeneste. Selvom de ikke kunne lide det, så kunne man også bare sige; der var gået griskhed i nogle bestyrelsesmedlemmer. En katolik ville have sagt, og måske kunne præsten bekræfte det, at det var en af de syv dødssynder, og at den hang sammen med begrebet fristelse. Det beløb, de måtte være blevet tilbudt, måtte have været stort, ellers gjorde man ikke sådan noget, og da slet ikke de folk, der sad der. Nielsen kunne simpelthen ikke forstå det. Han måtte ringe til dem, enkeltvis, og høre, hvad i alleverden, der var sket. Hvordan kunne de forråde deres principper, deres ædle pligt. Hvor var visdommen henne, ja, han havde nær sagt; hvor var kærligheden?

Om eftermiddagen og aftenen, samme dag, som den fatale opringning havde fundet sted, havde han så ringet dem op. En efter en, og sagt, at han naturligvis bare var en slags adminstrerende direktør, at han var rigtig glad for sit arbejde og virke, at det gav så meget mening, at han havde noget han gerne ville sige, og at det var lidt svært, og naturligvis skulle være loyal, Så ydmyg, så ydmyg, så ydmyg havde han været, at han næsten ikke kunne kende sig selv. Men det havde været indgangen til de vise. De lyttede, og faktisk lykkedes det at vende deres sympati mod ham og det ærinde, han havde. Han havde også nævnt, at Demokraten var en af de få bastioner, måske den sidste, der var tilbage, som organ for gode værdier. Ville de virkelig splitte det ad, og efterlade folket helt og aldeles uden sådanne, overladt til vilkårlighed? Der var brug for personer, der kunne føre sunde holdninger frem og kæmpe for dem, ellers var vi – alle uden undtagelse - overladt til laveste fællesnævner, hvor den rå egoisme blev den eneste drivkraft. Det vi så kune fornøje os med, det ville være brød og skuespil til folket, en banalisering og umyndiggørelse af individet. Var det visdom? Var det sådan et samfund de ville overgive til deres børn og børnebørn? Han havde fået forskellige svar på sine spørgsmål, men de kunne godt se pointerne, også at værdier jo også handlede om, at kunne komme og tage til orde og få ordet og at alle, principielt, skulle have adgang til det. Ved at sælge avisen, ville mangfoldigheden og den demokratiske debat snart blive afskaffet.

En af bestyrelsesmedlemmerne sagde også, og Nielsen vidste ikke om det også var en dødssynd, at magelighed havde spillet ind, både i forhold til at slippe for bøvlet med at være en anderledes avis og, at ved at sælge deres sjæl, et udtryk et bestemt bestyrelsesmedlem selv brugte, så kune de leve sorgløst til deres dages ende og sjælen var jo ikke sådan en målelig størrelse. Nielsen følte selv, da han gik i gang med at kontakte dem, at det ville blive en umulig opgave, der skulle noget ekstraordinært til. Der havde præsten det nemt. Han kunne bare bede om et mirakel, og det var også sådan, at ham præsten – Nielsens bror i ånden – ville nok ikke have kontaktet disse personer bare halv så ydmygt som han havde gjort. Der ville sandsynligvis have faldet brænde, masser af brænde, og torden og lyn-ild. Og det ville også have været det mest ærlige, blot ikke ført til det resultat, som han nu følte var på vej, omend det var en følelse af, at et slag var vundet, ikke selve krigen

Men begge dele hørte jo egentlig med; ydmygheden og vreden. Hvis man ikke kunne blive vred, som han selv var blevet det, ja, hvad så? Og hvis han ikke havde haft ydmygheden, ja, så ville man nok bare have været blevet stående i vreden. Han vidste det ikke, men han overvejede at kontakte præsten. Måske kunne det blive en gensidigt berigende samtale, også fordi det gesjæft, han var en del af, levede af afsløringer. Og var disse altid af det gode? Han var faktisk, på trods at sin ildhu med at finde sandheden, kommet i tvivl, men vidste ikke helt, hvad han skulle gøre ved den. Her i denne lokale sag, var der nok ikke så megen tvivl.

Borgmesteren med følge, havde jogget godt og grundigt i spinaten, og journalisterne havde gjort et såre smukt håndværksmæssigt graverarbejde. Alt var dokumenteret til punkt og prikke. Skattespekulation, nepotisme, habilitetsproblemer og korruption, men borgmesteren var på ingen måde den eneste. Han var blot blevet snuppet. Det gjorde forskellen. Det problematiske var, hvad med alle dem, de ikke havde skrevet om; hvor gik grænsen? Skulle "Demokraten" ikke også have fat i de små fisk? Nielsen vidste, at svaret var retorisk, men dette spørgsmål gav alligevel lidt dårlig samvittighed. Var afsløringer nu altid af det gode? Hvad havde man egentlig fået ud af det? En god historie? En faglig tilfredsstillelse, hvor den sigtede nu stod til at komme i offentlig gabestok? Redaktøren vidste, at han selv var berygtet og frygtet for sin sylespidse pen, og modsat en mand som præsten eller offeret, så kunne han til enhver tid få sit ærinde på tryk. Han havde adgang til at sætte dagsordener.

Men hvem var de egentlig, at de på den måde blev ambassadører for sandheden? En sandhed, der kunne knuse, og gjorde det, og som ikke tog hensyn til, at det var et menneske, ikke et skadedyr, der måtte bøde. Jo, Nielsen dvælede lidt ved sin sidste indskydelse. Avisens opgave var at være demokratiets vogtere, som han også havde nævnt for bestyrelsesmedlemmerne. Det havde de stadig lovgivningens ord for, Men jura og moral spillede sjældent i samme toneart. Det sidste var mest et gebet for præster, det første, hvad et flertal havde besluttet.

Nielsen blev brudt i sine tanker, da der bankede på døren. Imorgen var der indkaldt til det ekstraordinære byrådsmøde. De måtte se, hvem, der skulle tage opgaven, og den ville de fordele til middag. Ebbe og Niels var lidt slidte efter de mange måneders opgave med afsløringerne, så han ville spare dem lidt. Måske kunne de sende Birthe, hun var også skarp. Han svarede: "Kom ind", og døren blev lukket op. Det var borgmesterens kone.

Gudinden DS21

Den nådesløse jagt efter sandheden, var ikke gået upåagtet hen i de pastorale byg-ninger, der bestod af en ældre patriciervilla og et tilbygget drivhus, der fungerede som udestue, samt en hønsegård med en enkelt premiehane spankulerende rundt.

Ugen havde budt på den ene markante overskrift efter den anden, og Wilfred sad også denne formiddag foroverbøjet og dybt optaget af, hvad "Demokraten" havde fundet ud af. Selvom de gav mange svar, så måtte han også erkende, at der fulgte li-geså mange spørgsmål med, ikke mindst eksistentielt, og han var garanteret ikke den eneste, der havde det sådan. Faktisk var han uddannet til at excellere i sådanne sfærer, men det var som regel først, når livets mest alvorlige ansigt viste sig, at der blev brug for folk med hans evner. Det her var ganske vist alvorlig nok, det var det da, men det var jo, når alt kom til alt, ikke døden. Døden, den var meget værre, den var grufuld, hæslig. Men tilstanden af at føle sig eksistentielt død, det var der garanteret en del, der lige i dette øjeblik, oplevede nu. Denne del af tilværelsen vidste Wilfred rigtig meget om, både af egen, men også af andres erfaring. Folk brugte dog ikke præsten, men istedet psykologen eller andre eksperter, til at tale om sådanne tilskikkelser. Og de kunne helt sikkert også give svar på mange ting, men døden selv, ja den kunne de ikke kurere. Wilfred anerkendte den lindring disse faggrupper, i visse situationer, kunne bibringe, men det ville være klædeligt, hvis de, bare en gang imellem, ville indrømme deres egne begrænsninger. Selv kendte han udemærket, hvor disse gik, men det afholdt ham ikke fra at søge nye udfordringer. Derfor havde han tilmeldt sig et aftenkursus. Et kursus i, at reparere biler. Det havde han længe haft lyst til, men der havde bare aldrig været en anledning til at deltage, og der var noget sundt i at være den dumme i klassen, det var der langt flere, der burde prøve. Især, når man vidste så meget som han gjorde, om alt muligt, der var det godt, at komme i situationer, der gjorde en lidt ydmyg. Da han havde nævnt det for sin kone, havde hun kigget på ham, som om, at han havde vundet en lottokupon, hvor premien var en engangsbillet til Mars, og sagt med de største øjne, man kan tænke sig;

"...., jamen Wilfred, tror du virkelig, at det er en god ide? Jeg vil ikke tage modet fra dig, men giver man dig en skruetrækker i hånden, så plejer det jo at gå helt galt. Sidst du prøvede at bruge den, måtte vi først køre dig på skadestuen, og dernæst ringe til elektrikeren, og så på en lørdag, skal det lige siges, og bede ham om at komme fordi, nu var vi helt uden strøm, og det går jo slet ikke i december måned ... . Og forrige gang, kan du huske det, var det VVS-manden. Du mente lige, at du kunne skrue den der dims, vandventilen, og så var vi nær druknet, sådan da. Og nu vil du altså på mekanikerkursus!".

Det skal siges, at Wilfreds kone var jordens sødeste skabning, men mange år sammen med sin idealistiske mand, havde lært hende et og andet om begrebet "praktisk sans". Som regel var det hende, der tog over, når projekt handyman var mislykkedes, og nu stod hun og kunne absolut ikke se sig selv som den frelsende engel, stå og reparere "gudinden", der netop så forståelig var anledningen til Wilfreds drengede begejstring.

"Jamen", havde Wilfred sagt, "det er jo gudinden, jeg så gerne vil prøve, at rode med ..., og det kan man gøre på kurset", og vidste godt, at det nærmest lød helligbrødeagtigt, også lidt fattigt, at sige "rode med", for det gør man jo ikke med gudinder, dem kæler man for, og det var faktisk også det han mente, men blev slået lidt ud af fatning af sin hustrus knap så voluminiøse begejstring.

"Ja, bare du ikke også roder med mig!", havde Wilfreds kone, Mirjam, så sagt, "det kunne godt gå hen og gå helt galt. Men du må gerne kæle lidt!", og så havde de først grint et godt grin og dernæst, i ordets mest metaforiske og ikke-metaforiske betydning, hjulpet hinanden med at pudse og pleje hinandens former. Og det kan man gøre på mere end en måde, og konen havde ikke længere behov for hverken at være forbavset, sur eller misundelig på sin konkurrent.

På det mekanikerkursus, et udvidet mekanikerkursus for begyndere, sad Wilfred så sammen med en række pensionister, nogle veteranbilsejere og et par ungersvende. Her lærte de mest om biler fra 70´ og 80´erne, og de ældre herrer, en række pensionerede mekanikere, havde en masse gode råd, men havde helt tydelig en række andre favoritbiler. Det blev ikke nævnt direkte, mere som; "DS21 med fabriksmonteret soltag er da en fin bil, hvis man ikke kendte til andet, men den var nu ingenting i forhold til 245´eren, hvad angår kvalitet, og så skal vi heller ikke glemme 2002´eren, BMWen og Alfa Romeo, hvad var det nu den hed, nå ja Giuletta, og Ford, de lavede Sierraen, ...

"Kan I huske dem ..., ", og så kunne diskussionen ellers køre frem og tilbage, hvorvidt den eller den anden model var den bedste, at køre og skrue i. Og om det var bedst med baghjuls- eller forhjulstræk. Wilfred fastholdt naturligvis, at gudinden var det mest uovertrufne design, der nogensinde, var skabt, men så kom de andre på banen; hvad så med Amazonen og Jaguar type E og Citroens pissedårlige affjedring ..., og, så kom man ligesom ikke længere. Kunst er en vanskelig ting at diskutere, ligesom kærlighed eller om zebraen har sorte eller hvide striber.

En af deltagerne i kurset hed Børge, og blev hurtig døbt til det mere sigende Børge Bundgas. Han faldt, ligesom præsten, lidt udenfor selskabet, men på en anden måde. Han havde fingrene godt skruet på, men det kneb mere med ord. Der var langt mellem udsagnene, og det var mest "uhm", "jae", "tjae", "så det" og "nå" man fik som respons. Wilfred syntes, at han var en interessant størrelse, men det syntes de andre på holdet ikke, derfor blev han hurtigt holdt udenfor. Det afholdt ikke Wilfred fra, at prøve at trænge ind på ham, og med sin kendte direkte facon spurgte han:

"Du siger ikke så meget her, men man kan da se, at du har prøvet det før. Har du arbejdet med Citroen-biler?". Lic-tallet på svaret var forudsigeligt.

"Ja", blev der kort og afmålt svaret. Wilfred fortsatte ufortrødent:

"Nå, men så kender du garanteret også min model, gudinden. Synes du ikke, at det er en fantastisk bil?"

Wilfred sagde det akkurat så højt, i håb om, at svaret ville give ham en tilhænger mere, så de andre kursister kunne blive overbevist.

"Nej", blev der svaret.

"Nå", lød det forbavset fra Wilfred. "Jamen, øh,...". Wilfred stod som ramt af gudindens ene forkromede blikkofanger. "Bum, bum, bum, nåøh, du er ikke så meget til Citroen?".

"Det ved jeg ikke, det har jeg ikke tænkt så meget over!"

"Åhh, ja, jamen, så forstår jeg. Det er klart, det er jo også bare en bil ..., "

Wilfred kunne mærke, hvordan han ligeså langsomt gik i defensiven, men gjorde atter et forsøg på at bryde hul ind til Børges verden.

"Men hvaffor nogen biler synes du så er fede?"

"Det ved jeg ikke", kom det uden det mindste snert af passion fra ham.

"Måske 12.7´eren.".

12.7´eren, lød det ud i rummet, og der blev stille.

Meget stille....

De andre havde helt tydeligt lyttet med på konversationen eller hvad man skal kalde den mellem Wilfred og Børge Bundgas.

"Jamen, det var da virkelig en lortespand. Fiat, når det er værst, og tyskerne havde bare ét navn for den", sagde Finn, en grovkantet mand fra oplandet.

"Og, hvad var det", spurgte Ole, og det var indlysende at de alle godt kendte svaret, men at det var sådan en mekanikerjoke som der skulle svares på, og at det var nogle af de få tyske gloser, som hang ved.

"Fehler In Allen Teilen!", og så blev der grint igennem.

"Fiat 127. Manden må være gal. Så er det alligevel noget andet med dig og din gudinde, Wilfred. Den har da i det mindste noget karaktér over sig!", fortsatte Ole.

Han havde megastore hænder, hvor man kunne se gamle spor efter olie i furerne og senede arme, gode til at løsne hjul med, helt modsat Wilfreds spaghetti-arme, der skulle være glade, hvis de kunne åbne et låg til rødbedderne. Han var en type, man ikke umiddelbart skulle komme op at slås med.

"Nå, jeg tror, at vi skal skifte emne, Ole", sagde Wilfred myndigt, men også venligt til ham. Han kunne se, at Børge ikke var vel tilpas ved situationen, og sagde: "Børge, Fiat 127 er en udemærket bil. Og du har ret. Vi har alle vores favoritter!".

"Ja, det har vi", blev der sagt med eftertryk bagerst i lokalet.

"Jamen, så lad os snakke om dem også", og så blev der snakket videre, og Wilfred fik udvidet sit univers til også at omfatte flere bilmærker end gudinden, og at man ikke behøver at have gået på universitetet for at kunne sige noget klogt. Ole kom, efter den femte aften, hvor kurset var færdig, hen til Wilfred og sagde;

"Jeg må nok gøre en indrømmelse. Jeg, det vil sige os på kurset, troede ærligt talt ikke, at så fine mennesker som dig kom her. Du har været en god overraskelse. Hvis du får brug for en hånd til damen der ... ",

han pegede på gudinden,

"... så siger du bare til. Du har mit nummer, men vi ses jo næste gang, som desværre også bliver sidste!"

Wilfred var blevet rigtig glad over denne gestus, men måtte også fortælle Ole, at han selvfølgelig også gerne ville hjælpe den anden vej, selvom han, hvad de måske også kune se, ikke var så lavpraktisk anlagt, at det gjorde noget. Ole havde kigget på ham nogle sekunder og sagt.

"Aehh, præst. Jeg lover dig, at den dag, jeg har brug for det, så vil jeg nok hellere have, at du hjælper med",

og sætningen blev trukket, som næsten kun mandfolk kan gøre det,

"det der, du ved ...".

"Og, hvad er det", svarede Wilfred, mens han så, at Ole med tommelfingeren viftede opad.

"Jae, det det med Gud og sådan!".

"Nåee, ok, så er jeg med. Og så siger jeg som dig. Du ringer bare, men lad nu vær med at udskyde det!"

"Ja, ja, lige nu er der ingen problemer. Men kan man tale med dig om alt?" Ole kneb øjnene sammen da han spurgte.

"Alt", sagde præsten: "Intet er tabu. Alt er muligt. Og intet bliver noteret. Ikke engang om du har fået fartbøder eller skudt naboens kat!".

"Godt, det skal jeg huske", og så sagde Ole farvel.

To mand mødes i kælderen

Wilfred bladrede rundt til sidste side i avisen, hvor alle vittighederne var. Idag var der ikke nogen gode grinere imellem, han skimmede resten af siden igennem, og lagde den fra sig i avisholderen. Nu havde han læst nok, og måtte til dagens dont, eller dagens stunt, som nogen sagde. En tanke havde passeret ham, da han læste om borgmesteren. Hvordan mon han havde det?

Morgenen var begyndt så dejligt med at naboen, fru Pedersen, en ældre dame på 80, kom ind med nogle jordbær. Ligesom, da Ole fra bilkurset, havde tilbudt sin hjælp, var han blevet så glad, at han næsten ikke vidste, hvad han skulle sige. Tænk sig, skulle der ikke mere til? En lillebitte gerning i ny og næ, hist og her, et tilbud om assistence, hvor den var uventet. Og jo mere uventet, men nødvendig og uegennyttig den var, jo bedre. Wilfred filosoferede over, at det jo egentlig havde meget med kærlighed at gøre, kærlighedsbegrebet som de ville sige inde på uni, men det var nok mest for at slippe for at handle. Og det havde han tænkt sig at gøre. Dagens første snert af kærlighed måtte kalde ham til dåd. Køkkenuret ringede inde fra køkkenet, og mindede ham om de æg, han havde sat over.

"Jeg kan vist lige nå en æggemad med salt og en snaps til, inden jeg går videre.", sagde han for sig selv, og så gik Wilfred ud i køkkenet og nød de hjemmelavede æg ude fra hønsegården med en kryddersnaps til. Kun en genstand, naturligvis, og selvfølgelig kunne han risikere at lugte af sprut, men det var der jo alligevel så mange, der gjorde. Og bare det ikke var hver dag, så gik det nok, og helt ærlig; folk måtte tænke, hvad de vil, det gjorde de nok alligevel. Det sidste var ikke helt rigtigt. Wilfred vidste godt, at han stadig, omend noget begrænset, var en repræsentativ størrelse, men hvis han kun lod sig styre af den forventning, hvem var han så? Præsten fremfor mennesket?

Den indskydelse, han havde fået, var, at besøge borgmesteren. Selvfølgelig var han en bandit. Selv, hvis man trak en del fra skriverierne i Demokraten, så var der ingen tvivl – han var skyldig. Men det var han nu ikke alene om. Det var vi jo alle. Heri var kristendommen så velsignet straight. For når vi alle er banditter, så står vi lige. Men han var jo mere end det, han var også et sognemedlem, døbt og velsignet i den kirke, hvor Wilfred nu tjente. Denne oplysning havde han fået i kirkebøgerne, hvor han kunne se, at borgmesterens slægt, så langt kirkebøgerne gik tilbage, havde rod. Der var ikke længere noget, der hed kirketjener, det var blevet sparet væk for 2 år siden, så også den gerning med kirkebøger blev nu varetaget af præsterne, dog mest som forvalter af historisk kildemateriale. Her kunne man hente mange oplysninger. Når Borgmesteren nu var et sognebarn, eller hvad man skal kalde det, så havde det jo før kong Ruder var født, været ganske almindeligt, at præsten gik rundt og besøgte alle sognets medlemmer. Et enkelt notat ved borgmesterens tipoldefar viste, at den daværende præst, Parelius, også havde aflagt et såkaldt visitas, vistnok i forbindelse med et dødsfald.

Hvad mon borgmesteren ville sige, hvis der blev ringet på døren, og han så åbnede, og så ham, pastoren? Ja, hvad kunne der ske, andet end, at borgmesteren afslog besøget? Wilfred vidste, at han i sine læserbreve havde været hård i sin retorik, og han var egentlig slet ikke glad over, at borgmesteren nu var endt der, hvor han var, og selvfølgelig, det var jo heller ikke Wilfreds skyld, og ærindet havde oprindeligt også været de skide enøjede dumme overvågningsapparater og hele ånden i det kontrolhelvede, der blev dyrket. Borgmesteren var blevet knaldet for noget andet – korruption. At det så havde forbindelse til ham, der ejede det firma, der producerede kameraerne, ja, det var jo bare tilfældigt.

"Vel, jeg må afsted ... ", sagde Wilfred ud i rummet, med de sidste rester af æggemaden i munden, hvorefter han tog nøglerne til gudinden ned fra hylden, og gik ud til bilen, satte sig ind i den, drejede på tændingslåsen, den startede ikke.

"Åh", udbrød han, "Jeg må lige sætte tændrørshætterne på igen.", hvilket han gjorde. Så kunne gudinden starte og stolt som en pave bakkede Wilfred ud og kørte hen til borgmesteren. En mågeklat havde sat sig fast på forruden, men det var heldigvis i passagersiden. Wilfred kunne huske fra mekanikerkurset, at Ole havde sagt, at man skal passe på de klatter. Især mågelort går ud over lakken. Han måtte huske at vaske bilen, når han kom hjem igen.

15 minutter efter var Wilfred ude ved Bent. Han var i kælderen. Her havde han ofte leget med sit barnebarn, Søren, når tiden var til det. Både Bent og Martha holdt forfærdelig meget af børn, i alle aldre, og som gode bedsteforældre, holdt de sig ikke tilbage med selv at tilbyde sig i weekenderne. De boede så tilpas tæt på deres ene afkom, at de snildt kunne hente barnebarnet. Og så var der dømt hygge, storhygge. Slik i lange baner, sodavand, is, karameller, og Marthas bekymrende og omsorgsfulde udsagn; "jamen, hvis vi ikke giver ham noget, så sulter han jo. Han bliver jo så tynd, ungen."

Søs, Sørens mor, sagde, at det var ok, det var jo trods alt kun i weekenderne, og der trængte man også til at blive forkælet efter en lang uge. Og det blev han, men ikke så meget at det gjorde noget, mente bedsteforældrene. Nede i kælderen, havde Bent bygget en sirligt anlagt modeljernbane op i et nøjagtigt målestoksforhold. Det var et rent paradis både for Søren og ham. Og så blev det talt voksensnak meller to børn: "Nu sætter vi signalet her. Kan du give morfar, øeh, den der. Jae, det er fint, så kører vi ...", og så kørte de i timer, indtil de blev kaldt op fra hulen til Marthas berømte frikadeller eller bare fiskefilletter. Denne formiddag var Bent også gået ned i kælderen, og nå ja, der var nok nærmest også noget symbolsk ved det. Bent vidste godt, hvad klokken havde slået, og at han var blevet afsløret som en gemen lille forbryder, en grådig grisk afskyelig person med fingrene godt ned i kagedåsen, ligesom børn, der ikke kunne modstå en fristelse, selvom han var et priviligeret menneske. Bag ham var der en samling med jagttroffæer. Som regel skød han forbi, især når han havde glemt sine briller. I bilen havde han altid et par solbriller med styrke liggende, men de var bare ikke så praktiske, når man gik i en skov. De blev lidt for mørke at gå med, og var anledning til et par godmodige drillerier, så dem havde han kun brugt to gange. Selvom han på ingen måder var en mesterskytte, så var det lykkedes ham, at skyde en hjort og ved en weekendtur til Sverige var dagens højdepunkt, på trods af lidt tømmermænd, at skyde en elg, men den var til gengæld også så stor, at det nærmest havde været umulig at ramme ved siden af. Således var der blandt troffæerne et elg- og hjortegevir. Fra et par af jagtkammeraterne lød det, at de havde hjulpet Bent godt på vej med at ramme, fordi, det var nu synd, at han næsten aldrig ramte. Men Bent levede lykkeligt i troen på, at han selv havde nedlagt dyrene. Og kødet, jamen, det smagte jo himmelsk og der var mad til mange dage.

Han kunne høre nogen banke på ovenover. Nå, han måtte se at få dørklokken lavet, det handlede nok bare om at sætte et par nye batterier i. Han gik op ad trappen fra kælderen, og hen imod fordøren og kiggede ud af dørspionen.

"Hvad ....", udbrød han for sig selv, "det er jo præsten.", hvorefter han åbnede døren.

"Ja, goddag, Borgmester, øhm, ja, det er jo ikke så almindeligt, det her, men, hvordan skal jeg lige forklare det, ja, jeg må nok udtrykke det på mit sprog; jeg følte mig tilskyndet til at besøge dig."

"Jamen kom indenfor", sagde Bent. "Du skal ikke stå udenfor og fryse, men jeg skal lige ned og slukke lyset igen. Du kan hænge din jakke der. Det må jeg nok sige, præsten i egen høje person, den havde jeg ikke set komme!".

Wilfred havde åndsnærværelse nok til at svare: "ak ja, så høj, er det vist lang tid siden, at nogen har regnet os som. Heldigvis".

Bent gik ned i kælderen og råbte dernede fra: "Hvis du har lyst, er der lige noget, jeg gerne vil vise dig. Pas på ned ad trappen. Du kan tænde lys i siden!".

Wilfred blev overrasket over borgmesterens imødekommenhed, når han nu ikke havde været særlig sød mod ham og gik ned ad trappen og ind mod værtens hellige rum, "Das Herrenzimmer", som der så smukt stod udenpå kælderdøren. Da han trådte indenfor, så han det lille paradis og blev oprigtigt imponeret og kunne ikke lade være med at udbryde:

"Wauw, jamen, det er jo næsten fuldstændig autentisk, det må da have taget enorm tid at lave, men sikkert også sjovt!".

"Ja", lød det lettere tungt fra Bent, "og nu ser det ud til, at det om ikke særlig lang tid, vil vare længe, inden jeg kommer til at lege hernede igen. Jeg har klokket i det, præst, jeg ved det godt. Godt og grundigt, jokket mere end rigeligt i spinaten. Magten kan gøre en blind – og døv ... !".

"Men Bent, det er der jo så mange, der har ...", forsøgte Wilfred sig.

"Ja, men det er ikke gået ud over så mange som her!", svarede Bent.

"Jeg kan godt forstå, hvad du siger, meeen, det er nu ikke hele sandheden. Giver du en kop kaffe, borgmester?".

"Ja, jeg går lige op ovenpå og laver den. Stærk eller almindelig?", spurgte Bent.

"On the rocks", svarede Wilfred.

"Godt, så bliver det i kælderen, med fløde til?" og Bent tog sine briller af og lagde dem på hylden.

"Selvfølgelig", sluttede Wilfred af, og kunne se, at der løb en tåre ned ad kinden hos Bent.

Det ekstraordinære byrådsmøde

Nogle havde, langt mere end andre, glædet til denne dag, hvor byrådet var blevet indkaldt til "Ekstraordinært byrådmøde". Et af disse glade mennesker, var Plum.
Mødet skulle begynde kl. 10.00, og modsat tyngden i dagsorden, ville der blive serveret et lettere traktement før mødets start, som der stod nederst i programmet. Et par af byrødderne, havde påpeget, at det måske kunne virke lidt utidigt, men Plum havde fået trumfet det igennem. Det betød, at så måtte man møde ind, ihvertfald en halv time før sædvanlig tid, og det havde Plum også tænkt sig at gøre.

Nu stod hun i badeværelset og betragtede sig selv i spejlet. Der var en lille uanselig bums på næsen, der lige skulle trykkes ud, men ellers var facaden fin. Hun brugte selv ordet "facade" om mange ting, for, som en af hendes moraler var; "vi kan jo ikke skue hunden længere end til tænderne.". Som regel faldt disse ord, eller lignende ordspil, når man sad midt i politiske forhandlinger. Her gjaldt det om, at holde masken, og det var hun god til, også fordi, at der til plejen af "facaden", blev brugt en anseelig mængde redskaber, i militær jargon, ville de have heddet sløringsstifter, men i en damet version blot; make-up. Hun kunne, med enkle midler, gøre sine øjne yderst udtryksfulde, så at de sortgnistrende øjne fik en dybde, der kunne gennembore alt. Der blev ikke sparet på farverne. I krogene på rådhusgangen, blev hun kaldt Bad-Woman, eftersom udsmykningen omkring øjnene vitterlig mindede om denne tegneseriefigurs sorte halvmaske. Plum blottede tænderne, undersøgte om der sad rester fra morgenmaden, og lavede dernæst en trutmund, hvor den nye læbestift, en rød dyrtindkøbt version, blev lagt. Hun klemte læberne sammen og manglede blot at sætte håret. Idag skulle der sættes en knold i nakken bundet sammen af en farvet cykelslange. Det var blevet moderne, og signalerede økologisk ansvarlighed i en genbrugsånd. Alle kvinder gik med en sådan, helt i samme mængde og antal, som da der mange årtier tilbage, nærmest kun kunne købes hvide strømper til mænd. Endnu længere tilbage blev denne uniformering udtrykt i grønne og blå parca-coats. En lille finesse blev tilføjet i Plums håropsætning: En sibirisk lærkepind, med mikado-farver, trykket igennem knolden.

Plum gjorde sig færdig i badeværelset og så på klokken. Den viste 9.15, så hun måtte hellere skynde sig ud i bilen. Hun tog sin attachémappe op fra gulvet, og iførte sig sin paradeuniform nummer et, den røde lædderjakke med et par nitter på ærmerne. Hun var klar. Klar til det store slag, der ville bane vejen for hende.

Få kilometer derfra sad Bent sammen med sin kone. De sad og nød den sidste kaffetår i en termokop, inden han skulle afsted.

"Ja, Martha, nu er det snart slut", sagde han, hvortil hun returnerede.

"Jeg ved det godt, min kære, men du sagde jo også noget klogt, i går aftes.".

"Hvad da?", svarede borgmesteren.

"Jo", sagde Martha, "at når noget slutter, så er det jo på en måde også begyndelsen til noget nyt. Har du glemt det?".

"Øh, nej da, men det var faktisk præsten, der fik mig på de tanker. Tænk sig, at jeg skulle sidde her, og selvom jeg så har lavet ged i det, Martha, for det har jeg, så er jeg alligevel egentlig meget rolig indeni. Lidt højstemt kan vi vel tale om, ja, fred!"

"Fred", siger du", og Marthas stemme dirrede lidt, "Jamen, hvordan kan det gå til?"

"Tjae, det undrer også mig. Egentlig skulle jeg jo lige nu være helt sønderknust! Men det er jeg ikke. Snarere lettet!".

Martha kunne ikke dy sig: "Du har nok fået det som de gamle tiptipforældre kaldte syndsforladelse!".

Bent betragtede Martha længe med et varmt blik.

"Jamen, så sig da noget", udbrød Martha. "Du kan da ikke bare sidde der tavs og sige ingenting. Gjorde han hokus pokus med dig? Sad I med sorte sterinlys med fødderne i vand og foldede hænder med himmelvendte øjne og åben mund. Hvad skete der? Du virker så forandret!".

Fordommene væltede ud af Marthas mund, men det var ikke fordi Martha havde noget mod denne forandring, men det havde gjort hende nysgerrig. Nysgerrig på, hvad samtalen mellem præsten og hendes mand havde afstedkommet. Og jo, der hvilede virkelig en uddeffinérbar fred over hendes mand.

"Ja, jeg tror, at jeg skal afsted nu. Så vil jeg prøve at forklare dig det, når vi kommer hjem. Jeg må hellere skynde mig!".

Bent gik ud til sin cykel. Dækket var fladt. "Nå, det begynder godt", sagde han for sig selv og gik ind til Martha igen.

"Nå", sagde hun også, "det var du ikke længe om. Er mødet allerede færdigt?"

"Åh, hold op, må jeg låne din cykel?"

"Ja, selvfølgelig", sagde Martha, og så cyklede borgmesteren afsted til rådhuset på konens cykel med sin mappe oppe i cykelkurven.

På rådhuset var de første byrådspolitikere allerede dukket op, og stod nu i foyeen, hvor der var dækket op. Der blev talt i smågrupper, især om det første punkt på dagsordenen, og forskellige nye aftaler var allerede på vej til at blive indgået i fald at ... . Endnu var det jo ikke sket, at borgmesteren Bent, var blevet afsat, men det var jo blot en formalitet, som Plum mere eller mindre indiskret havde ladet skinne igennem, og som allerede ville ske, lige efter, at første punkt var færdigbehandlet. Og sagen i sig selv efterlod jo ingen tvivl. Demokraten havde på yderst grundig vis banet vejen for kendsgerninger, som nu ville blive grundlaget for nye tider i kommunen. *Helt* nye tider, som Plum efterfølgende ville udtrykke det ved hver en lejlighed, om ikke for andet, så for at overbevise sig selv. Bent havde haft sin tid, og magtens sødme, ja, den havde korrumperet ham, det oprindeligt tiltalende menneske, så det var intet andet end, at retfærdigheden, der skete fyldest, der hændte her. Nemesis for hybris. Et mindretal i byrådet havde deres betænkeligheder ved at overlade roret til den læderklædte næstkommanderende, men kunne ikke se andre alternativer. Ord som fattigfin og lille dikator, og andre mindre klædelige betegnelser i form af ordspil, hæftede sig på hende, og i krogene blev der visket; mon vi nu skal have pisk ... ?

Men de var jo nødt til at handle. Byen kunne ikke have sådan noget siddende på sig, og slet ikke, når der allerede var indgivet en politianmeldelse.

"Ja, ja", sagde et par andre sindige Fædrelandspolitikere "kameraerne, de opdager alligevel ikke det hele ...", og det var jo så sandt som det var sagt.

Journalisten Birthe fra Demokraten stod sammen med et par andre journalister og TV-værter henne ved snacksene. Der blev konverseret livligt om, hvilke konsekvenser, denne korruptionsskandale, der involverede rigtig mange højtstående personer, ville få.

Birthe spurgte sin kollega fra Nyhedsposten: "Tror du, at det her får betydning for den her overvågningsbølge, vi har oplevet de seneste 25 år?".

Kollegaen tøvede med svaret, men svarede:

"Hvis du mener, at de piller de her enøjede kasser ned, så nej, tværtimod, desværre, så giver det nok bare politikerne anledning til at sige; nu skal der endnu mere kontrol på, og nogle af vore politikere er jo helt igennem kontrolfreaks, de må have haft en hård barndom og manglet noget normal pottetræning .... Så nej, desværre.".

Birthe tog notesblokken og noterede svaret, især det med barndommen. Det kunne godt bruges i en artikel, hvis hun manglede en god vending. Det var godt, at journalisterne kunne bruge hinanden. Det gjorde de tit.

"Nå, nu kommer Plum", sagde kollegaen, "vi må hellere hen til hende", hvorefter journalisterne myldrede hen til indgangsglasdøren og som små sværmende myg stak mikrofoner op i ansigtet på hende.

"Hvad har du at sige til den her sag. Er det din vurdering, at det her får følger for byen ...?", spurgte en udenbys journalistelev, mens han nærmest var ved at vælte Plum, og på ingen måde så ud til at være anfægtet af det åbenlyst banale, nærmest smådumme spørgsmål. Plum svarede beredvilligt med sin mest venlige attitude og hænderne i tårnstilling:

"Jae, det gør det da. Og hvis lige I kan tage den lidt med ro, så prøver vi en ad gangen, ja, tak ... ", og det næste spørgsmål kom promte:

"Hvad er din rolle i det her?", spurgte Birthe. Plum plirrede med øjnene, og måtte have spørgsmålet uddybet og sagde i stakkatostil:

"Øh-hvad-mener-du-jeg-tror-ikke-at-jeg-helt-er-med.   Du-er-fra-lokalsprøjten -ikke?"

"Hvad jeg mener", svarede Birthe med øjnene direkte vendt mod Plum: "...er, at vi på avisen Demokraten modtog det belastende materiale, fra en ukendt person, og at det danner baggrund for denne sag. Kender du noget til det?"

Plum prøvede med et kækt svar: "Ja, alt det I har skrevet om det. That´s it."

"Så det vil sige, at du vedkender dig, at kende til sagen!", blev Birthe ved.

"Nej, kun, hvad I har skrevet", lynede Plum faretruende tilbage, og gik videre med: "Er der andre spørgsmål? Ja Oscar ...", og sådan fortsatte det i 10 minutter, hvor ingen andre tog tråden op fra Birthe, inden at klokken ringede til byrådsmødet, og folk begyndte at sive op mod byrådssalen.

Borgmesten var dukket op, men kunne, foranlediget af Plums optræden, ganske anonymt gå gennem forhallen og træde direkte op i byrådssalen og sætte sig på sin stol. Her satte han sin efterhånden noget slidte attache-taske ved siden af sig, nærmest som en god ven, der havde fulgt ham i mange år. Rundt omkring sad der allerede en del af byens borgere, så salen ville om få minutter være helt fyldt. Stemningen var lidt ligesom i Rom før løverne blev sendt i arenaen. Joe, tænkte borgmesteren, og så ud over salen. Der er intet som brød og skuespil.

"Ro i salen", sagde Bent, og ringende med klokken.

Han fortsatte: "Der er indkaldt til ekstraordinært byrådsmøde. Vi er nok alle klar over, hvad det primært handler om, og jeg vil allerede her kundgøre, at jeg naturligvis træder af som borgmester."

Den sidste summen døde ud i salen. Der blev en eftertænksom ro i salen, hvorefter den snart forhenværende borgmester forsatte.

"Jeg skal være den første til, ikke blot at beklage, men også undskylde min helt igennem forkerte handling. Jeg har ikke blot taget fejl, men har været fuldt vidende om det jeg har gjort. Vi kan lige så godt kalde tingene ved deres rette navn – jeg har bedrevet - korruption. Der ville ikke være andre grunde til at forsøge at sløre handlingen end denne ene; at få mig til at fremstå i et bedre lys, end der på nogen måde er basis for. Gerningen, ugerningen, har været en mørkets gerning, noget som lykkeligvis er blever opdaget nu. Der er mange, og det forklejner på ingen måde mit ansvar, der forsøger at bagatelisere sådanne sager. De, og jeg, der har været medvirkende, har unddraget sig fællesskabets bedste, og er drevet af ren egoisme, hvor økomomisk vinding er eneste mål. Kort sagt. Jeg har været en egoist på baggrund af en position, der yderligere gav mig magt til at pleje egoisme. For dette må jeg nu bøde, og det er retfærdigt. I skal vælge en anden borgmester, og jeg kan forstå, at I allerede har lavet forskellige aftaler desangående, og på dagsorden, at I vil stemme om det nu. Så det foreslår jeg, at I gør. Det var alt!".

Plum troede, at hun var vidne til en dårlig b-film med landsbytosser, hvor der sad en høvding for bordenden. Denne prolog var noget ganske anderledes end hun havde forestillet sig. Bent plejede altid at kæmpe, hårdt, kontant, håndfast og gav ikke op, før alle lå ned og helst de andre før ham. Her så hun en mand, der var afklædt og alligevel sad helt rolig og myndig. Hele hendes grillende dagsorden stod for fald. Det her havde hun godt nok ikke regnet med, mere at han ville, netop med det ord han brugte, bagatelisere, det han havde gjort, og så på den måde komme fra borgmesterstolen. Han gjorde det modsatte. Han indrømmede det hele. Sikke da en ynk, syntes Plum. Men så nemt skulle han ikke dø i synden, tænkte hun. Plum trykkede den grønne knap til angivelse af, at ville have ordet, og ordstyreren nikkede ja til hende.

Plum begyndte med en dårligt tilsløret sarkastisk stemmeføring:

"Ja, når det nu ikke kan være anderledes, og vi også her i byrådssalen har fået en så krystalklar tilståelse, og der nu desværre ikke bliver lejlighed til at sige 1000 tak til borgmesteren, ikke engang en lille gave eller blomst, det kunne da højst blive et par tidsler, så må det være på plads, at gøre opmærksom på, at borgmesteren, nå nej, tidligere borgmester Jensen, har holdt os alle for nar. Og måske mest sig selv! Vi fra Fædrelandspartiet, er mere end forargede over, hvordan det kunne komme så vidt, og vil også stille forslag i Rigsdagen om at øge bevillingerne til statens kontrolorganer. Her i kommunen er det vist ret så vigtigt, at få ryddet op efter Jensens fiflerier. Og jeg fatter ikke, at han bare sådan tager ordet!".

"'Tak", sagde ordstyreren, "Kan vi prøve at holde kammertonen?"

Plum tog ordet igen: "Kammertonen, sagde du? Jamen, så er der da ingen mulighed for at få sagt sandheden til den, nå ja, nu skal jeg vist passe lidt på, den, øehh, skattebetalte snyder, og hvem har givet ham tilladelse til, at ...".

"Jeg er nødt til at afbryde dig, Plum, snyder, er noget domstolene skal afgøre, og jeg bestemmer, hvem der har taleret ...", indskød ordstyreren.

"Jamen, så siger vi det", forsatte Plum ufortrødent, "..., men der er i den grad også tale om et ..... moralsk ansvar. Derfor skulle han holde mund, og bare lade os andre få scenen!"

Ordene blev sagt meget højtideligt, nærmest lidt messende og efterlod indtrykket af den udtalende som helt igennem uangribelig, et hvidt uskyldslam. Hendes forsøg på at ydmyge Bent fik mange, også byrådet, til at kigge ned i gulvet, og en gymnasielærer, der i fritiden var lokalhistoriker, fik associationer til de berygtede og berømte skueprocesser i Tyskland, hvor en lille, såkaldt advokat med en rød advokathat heglede de anklagede igennem med ét eneste formål; at få dem dømt.

Ordstyreren mandede sig op. "Tak", sagde han, hvor udtalen ikke lod nogen i tvivl om, hvad han mente.

"Vi går over til afstemningen nu vedrørende Bent Jensens habilitet ved håndsrækning. Tak.". Han talte, og alle havde stemt for, at Bent, gik af.

"Så er der afstemning om ny borgmester. Hvem stemmer "ja" til Plum?". 2/3 af byrådet rakte hånden op.

"Godt så er det vedtaget! Vi går over til næste punkt. Vil Plum tage plads i borgmestersædet? Og Bent, så må jeg bede dig om at forlade pladsen. Fint. Og tillykke med udnævnelsen, Plum. I henhold til ....," fortsatte ordstyreren, mens Plum, med et nærmest usynligt smil og øjekast, mens hun passerede Bent, gik hen til borgmesterpladsen, satte sig til rette i borgmesterstolen, og diskret børstede et par fnug af sin røde jakke, og gav tegn til, at mødet kunne forsætte. En ny periode kunne begynde ...

Da Bent blev bedt om at forlade sin post, var han, istedet for at gå over til sin ny plads, stille gået udenfor, hvor der stod en rygekabine, og havde fundet en pakke cigaretter frem. Folk måtte stadig gerne ryge, men kabinen neutraliserede enhver form for røg, intet slap op i atmosfæren, og røg man udenfor, kunne det medføre bødestraf. Han var ellers holdt med at ryge for lang tid siden, men havde på vejen til dette, det sidste møde, købt en pakke Cecil ved den kiosk, hvor personalet bestod af en hel egyptisk familie. De var flygtninge, koptere, kommet hertil for mange år siden, da der blev indført et såkaldt demokrati i deres land. Når han købte Cecil, Rød Cecil, var det fordi, de var de eneste, der smagte af noget. Han tog et dybt hiv, og hostede et gedigent hark. Ok, det var alligevel længe siden, han sidste havde kværnet en pakke. Cigaretten mindede ham om de mange scener fra krigsfilm, hvor den dødeligt hårdt sårede kriger fik tilbudt sin sidste smøg, og så var det ellers ligemeget om de nogensinde havde røget. Filmselskaberne fik det altid til at se ud som en nydelse a la; vi kan se, at du lider, min ven, nu har jeg noget godt til dig, inden du skal dø. Og så blev pakken rakt hen til ham, der snart skulle stille træskoene. Gad vide, hvad cigaretfirmaerne, i tidens løb, havde givet for den reklame, tænkte Bent. Det var jo på en måde også – korrupt eller en form for snyd. Sådan var der jo så meget, men cigaretfirmaerne, de tjente ikke en tiendel af, hvad de have gjort før. Istedet tyede folk til andre stimulanser.

Han kunne se, at der udenfor, var blevet overskyet. Det var nu ikke sådan, at han havde det i sit sind, mere en gryende forløsning. Han havde sagt sandheden, om sig selv, uden at pynte eller trække fra. Det havde gjort godt, selvom konsekvenserne, ja, de ville mindst blive, en frataget pension og så selvfølgelig, at han sandsynligvis måtte en tur i brummen. Hvad straframmen var, anede han ikke, men han vidste, at økonomisk kriminalitet, af uanede grunde, blev betragtet med langt større alvor end for eksempel, vold. Ja, det blev nærmest sidestillet med drab. Og, hvad skulle der blive af Martha? Nå, hun klarede sig nok, men sjovt, det var det på ingen måder, og hun havde jo også opsøgt redaktøren, men det var nok mest for at fortælle, at der fandtes også en anden historie om ham. Karl Nielsen havde lyttet til hende, men sagt, at det var pressens opgave at passe på det demokrati, der endnu var tilbage i vort samfund, og at det holdt hårdt nok, men at han da godt, midt i tragedien, kunne ydtrykke sin medfølelse med både ofre og familien. Men det var bare ikke hans primære opgave. Den var at være vagthund. Det var så sandt som det var sagt, faldt det Bent ind; højt at flyve, dybt at falde. Og når man lå ned, så kastede hundene og hyænerne sig over en. Fra magt til afmagt indtil, der kun var knoglerne tilbage.

Hvilken fantastisk hændelse, havde det ikke været, at han så, midt i sit livs allerværste krise og smerte, havde fået besøg, ja var blevet opsøgt, fuldstændig uventet af en person, der godtnok i gennem årene, havde leveret sine drøje og umanérligt karske hug mod ham. Hvordan skulle han dog have klaret sig i dag, hvis ikke netop præsten Wilfred, havde fået, ja, hvad var det nu han havde kaldt det, en tilskyndelse ... . Dem skulle vi have mange flere af i samfundet, og – dernæst alle som en følge dem, tænkte Bent. Hvis jeg havde gjort det, så havde jeg ikke siddet her, hvor jeg gør nu. Men det kan ikke nytte noget. Wilfred fik givet mig et håb. Det må jeg holde mig til. Bent tændte en smøg til, så røgen blive suget opad, og reflekterede; "Slaget er tabt. Men jeg har vundet kampen. Min egen kamp!". Det han tænkte på, var de selvbebrejdelser, der fra den dag, han havde sagt ja til det "generøse" tilbud, dag og nat havde ikke bare havde fulgt, men forfulgt ham. Han havde brugt oceaner af energi på, at fortrænge dem, men de voksede sig blot større og større. På et tidspunkt begyndte han at drikke lige rigeligt, og undskyldte det delvist med de mange receptioner, men Martha fik heldigvis hurtigt sat en stopper for denne praksis. Istedet, for at kunne glemme, forøgede han så sin arbejdsiver. Da de ikke havde børn boende hjemme, fik det ikke så stor betydning, blot, at han indeni oplevde en form for et tomrum. Det hul var fyldt med unavngiven betændelse, og det fik præsten prikket hul i. Nu kunne han tilgive sig selv, og komme videre. Næste skridt bestod i, at tilgive de andre, og her tænkte han først på Plum. Han havde en mistanke om, at hun var den, der havde lækket de afgørende papirer, hvem ellers. Den menneskekundskab han besad, havde iagttaget, hvordan hun var en gennemført taktiker, ikke strateg, som ham selv. Mere eller mindre, så var alle hendes beslutninger, i høj grad baseret på øjeblikkets tilstand. Det var der ikke så meget visionært ved, men sådan var hun jo, og der lignede hun de fleste politikere. Loyalitet bestod for hende først og fremmest i at mele sin egen kage og spille folk ud mod hinanden, hvor hendes forklaring lød, at hun nød spillet og konkurrence var godt og det giver dynamik, når man ikke ved, hvor man har hinanden. Da de engang var kommet til at diskutere et ganske pudsigt område, nemlig lys, ja lys, så havde hun sagt; ".... jeg tror, at jeg mest er at ligne med et neonrør, køligt, men givende et billigt og klart lys!", hvortil Bent lakonisk og selvironisk havde svaret; ".... ja, og jeg er nok mest bare et sterinlys, hvis vi skal blive i det billede, men du behøver ikke at puste det ud ...".

Indeni havde han tænkt, at Plum mest, i hans beskedne optik, fremstod som en, der var udrustet med en decideret sparepære, der efterhånden havde været moderne i nogle år. Det kan godt være, at byen nu fik lys, men ikke nødvendigvis mere klarhed. Kontrol var noget andet end kærlighed. Det havde han fundet ud af. Man behøvede blot at tale med sin præst, så var det heller ikke sværere. Bent tog et sidste hvæs af den stump, der var tilbage, skoddede den i askebægeret, der var tæt på fyldt til randen med alt mulig andet end skodder, og gik op ad trappen til byrådsmødet. Bare det snart var færdigt, han ville gerne hjem til Martha igen.

Og en præst kan også tænke *sit*

Wilfred vidste godt, at han til hverdag mest beskæftigede sig med en verden, hvor tilgivelse, barmhjertighed og nåde var en del af set-uppet. Noget så gammeldags som synd og opgør med synden hørte også med i pakken, og det var særdeles meget billigere end psykologhjælp. Som han så det, var der i den grad brug for netop de redskaber for at komme videre; hvorfor var der så få, der kunne se det, hvorfor følte han sig så alene med det ønske. Var det fordi, nogle af hans kollegaer, ikke engang selv troede på det de prædikede, og, at de ikke længere forholdt sig til - afmagten? I en hvilken som helst anden virksomhed var de forlængst blevet kylet ud, og han så for sig billedet af en sælger der ringede på døren og sagde;

"ja, goddaw do, mit navn er Kaj Hansen. Jeg vil gerne sælge det her produkt, men du skal ikke tro på, at det virker. Der er det og det galt med det, så lad endelig være med at købe det!".

Mest af alt virkede det som et billede af Dali eller Kvium, men sådan opfattede mange jo også kristendommen i dag; som noget, de ikke kunne forholde sig til, helt, helt ude af trit med deres virkelighed, surrealistisk, uden at formidle håb. Og her havde mange præster et kolossalt ansvar. Wilfred var helt overbevist om, at de havde forrådt deres loyalitet mod deres øverste boss - og det var ikke biskoppen, han tænkte på. Derfor kom der så mange mure mellem folk, de vidste ikke længere, hvad sand kærlighed er. Derfor var de nødt til at beskytte sig selv. Og når de ikke kendte kærligheden, ja så var der jo kun kontrollen, mistroen og -tilliden tilbage. Så enkelt var det.

En af de kollegaer han især havde haft sine kampe med, hun hed Klein, var en dame, hvor han i læserbrevet havde skrevet; "....ja, Klein, du er en dame, der har alt for meget at sige i forhold til, hvad du rummer, og det er i sandhed småt, det du skriver ... !"

Da hun heller ikke var særlig stor af vækst, havde hun taget det som en fornærmelse, hvad det også var. Enhver kunne jo se, de antydninger af et intellektuelt håbløst tilfælde, der lå i formuleringen. Wilfred skulle ikke gøre sig bedre end han var, og vidste, at han i historien havde en våbenfælle: Luther. Han skrev med en karskhed, der i nutidens samfund mindst ville have givet ham 500 injuriesager på halsen og sandsynligvis ville han have tabt dem alle. Også han svingede ordpisken, så han helt sikkert havde brug for tilgivelsen. Endda oftere end tit. Idag var det blevet en ynk, at se, hvor tyndhudede folk var blevet, det gjaldt i perioder også ham selv.

Han var et levende paradoks, langt ude, vistnok i familie med Winston, Winston Chuchill, som også havde sans for ordet. Ligesom han var han af en støbning der sagde; we will never surrender, og slet ikke når det gjaldt usandheder, ammestuehistorier, dum fornuftdyrkelse og latin. Wilfred havde blot reageret på Kleins mærkværdige opfattelse af, hvad kirken skulle rumme og indeholde. Derudover måtte nogen jo tage deres præstekald alvorligt, og bekæmpe uretten, hadet og løgnen som tit kom ind, når religionen gik ud. I hendes optik skulle alt, hvad folket ville have og ønskede, tillades adgang til kirkens bygninger, og hun var så teologisk ukyndig, at hun sammenstillede denne totale tolerance med – kærlighed.

Og, som hun sagde; "det handler jo ikke om andet end – kærlighed!", som jo så også måtte inkludere en pornomesse, streap-tease og hvad tolerencen ellers kunne finde på.

Da Wilfred havde set hendes artikel, undrede han sig over, hvordan en sådan artikel kunne finde vej til et seriøst blad som Demokraten. Mage til en omgang manipulerende og demagogisk snik-snak skulle man godt nok lede langt tid efter. Alle kunne jo klappe i hænderne og sige hurra for kærligheden, hvem kunne være uenig i det? Men hendes version ville blot føre til yderligere indskrænkninger af både tolerance, menneskelighed og kærlighed. Den ville føre til mere kontrol, og var ikke mere end en omgang sentimental lunken sødsuppe. Den ultimative kontrol ville komme fordi hendes agenda ville fremme det onde. Ikke det modsatte som hun påstod. Denne kristendommensfjendske gryderet agiterede Klein og en masse af hendes proselytter iltert for, og den så da også på overfladen så rigtig ud, så nem at gå til, så rar, at det gjorde ondt. Desværre kunne folket ikke længere skelne mellem ægte følelser og sentimentalitet, så havde det måske reageret. Der var gået Hollywood i kulturen og det var også blevet farligt, eller rettere, fyldt med omkostninger, at være ægte. Samfundets kontrolvanvid havde gjort, at man gik forsigtig med sine dybeste følelser og tanker. Man skulle ikke have noget klinket. Derfor fik folk som Klein honorarer for sine skriverier, men at de så lige var røget i Demokratens spalter ... . Ærligt talt, var de ikke engang det papir værd, de blev skrevet på. Faktisk var der mere substans i ham Kemal, selvom hans lovreligion, ja den var godt nok tung og teatralsk. Men kristendommen var jo heller ikke religion, langtfra, også her havde Klein & co meget at lære. De sidestillede alt, og gav dermed deres usympatiske bidrag til at gøre alt ligegyldigt, og efterlod mange i et åndeligt vakuum. Deres såkaldte toleranceideologi, havde efterladt flertallet alene med deres liv og de beslutninger, der hørte til det. Ansvaret var bare deres alene. Det var en følge af tolerancen. Det eneste, der ikke var ligegyldigt, var toleranceideologernes egne meninger om det objekt, de studerede, den hellige skrift. Her lod de sig ikke binde af, hvad den sagde om dem. Nej, her var det mere Kemal, der havde fat i noget. Både han og Wilfred troede faktisk på, at Gud havde fået lavet en bog. Kemal, at det var koranen, Wilfred, at det var Bibelen. Wilfred så Guds bog, som en slags brev, til mennesket, sin ypperste skabning, som han havde skabt af støvet, æltet i noget vand, pustet livsånde i, og som på et tidspunkt blev støv igen. I Frankrig, selvfølgelig, hvor ellers, tænkte Wilfred, var der flere og flere, der i levende live lod sig fryse ned. Det var en teknik, der var blevet forfinet, men uanset om de så fik held til at udskyde deres bortgang, jamen så var essensen; de er heller ikke, grundlæggende, andet end værdiløst støv. Og det røber bare, hvor langt vi, det værdiløse, vil gå, for at forlænge livet.

På universitetet havde Wilfred, i tidens løb, haft sine markante ordudvekslinger med mange, deriblandt også folk, der senere blev noget stort. Disse meningsforskelle blev ikke bare søpet til i afvæbnende venlighed, nej, her blev der kæmpet, fra front til front for sine positioner. Nogle gange var der ikke argumenter, men så brugte man blot at råbe højere. Når bare alle gjorde det, så satte det blot kolorit på festlighederne. Med tiden havde Wilfred lært, at nogen steder kunne han sagtens bøje af. Gud var nok rimelig ligeglad med, om æbletræet skulle plantes her eller der eller om han købte en rød eller grøn tandbørste. Det havde taget ham lidt tid, at forstå det, indtil han fandt ud af, jamen selvfølgelig, vi er jo ikke robotter, vi er frie, født med ansvar for vore valg.

En anden ting, han havde lært hen ad vejen var, at nogen, og det gjaldt i begyndelsen også ham selv, diskuterede for at få ret, men at en diskussion også kan tjene til at man bliver klogere. Dog en urokkelig ultimativt position fastholdt han. Guds ubetingede tilgivelse gennem sin søn, den kunne der ikke rokkes ved. Aldrig. Den var unik, en urokkelig klippe, og her var den så anderledes fra Kemals religion. Den hyldede, så vidt Wilfred kunne se, offeret, at vi bare er underlagt skæbnen. Her var ikke tale om, at Gud havde grebet ind, her måtte man selv bøde, selv bære straffen. Det kunne ikke føre noget godt med sig, ikke andet end konstant at skulle tilfredsstille hævng-uden, men mon ikke Kemal med tiden ... . Wilfred bremsede sin tanke. Ah, i mange år var man blevet smittet med den ideologi, at man endelig ikke måtte missionære, men holdt det? På et tidspunkt for flere årtier siden, havde en statsminister sagt, at vi skal ikke mere have eksperter og meningsdannere ude i det offentlige rum til at fortælle os .... . Og, hvad var der kommet ud af det? Jo, at den regering selv begyndte at fortælle, missionære, agitere og subtilt propagandere for sine standpunkter, og det opdagede man til at begynde med slet ikke, man slugte bare al deres propaganda råt, fordi her var der jo ingen eksperter, der udtalte sig. Så Wilfred gav ikke så meget for "no mission" tanken. *Alle* havde deres mission, deres dagsorden. Så snart du ville noget med livet eller andre, var du igang med at virke og påvirke. Selv når du ikke havde noget egentligt mål, var du dagsordensættende. Det var en illusion at tro, at noget var neutralt, men det budskab havde de dengang forsøgt at sælge, og det var lykkedes. Derfor var tingene på så mange måder som de var nu, et kontrolhelvede. Når ingen mere meldte ærligt ud, kunne der ikke længere genereres ærlige tilstande, så enkelt var det. Mission handlede bare om, hvem der definerede virkeligheden og fik retten til at meddele den. Udfra den synsvinkel, ja, så kunne han godt se, at mission ikke bare var en uskyldig sag, for nogen handlede det dybest set blot om magt og hvordan de kunne bevare den. Sådant et samfund var det blevet i dag, et, hvor magthaverne var nødt til at kontrollere dem, der kunne udfordre deres position.

Wilfred gik hen til radion og tændte den:

"Ja, og så til sidst nyhederne fra Grønland. I Igniasut ...", længere kom beskeden ikke, inden der blev stillet om til et musikprogram, med et par unge mennesker, der ind i mellem musikstykkerne, livligt drøftede, hvordan man scorede sin lykkeprins. Wilfred kiggede ud af vinduet. Nå, jeg må hellere til dagens dont, hvorefter han satte sig ned bag skrivebordet og tændte sin computer, og famlede efter sin elskede helt igennem ukorrekte politiske pibe. Bag ved Wilfred hang et skilt, som han havde arvet efter sin tiptipoldemor, der havde fået det fra missionshuset:

"Betænk livets korthed, dødens vished og evighedens længde", stod der på det. Det mindede ham om, at vi skal jo alle dø, så, hvorfor ikke gøre det med nydelse, hvorefter røgen steg op som fra en skorsten.

Hvad Hans og Bent også talte om

Der var helt stille udenfor. Hans Birk rullede hen til sin undulat og sagde i et lettere hånligt tonefald;

"hva´så Pipper. Skal Pipper ha´ korni, korni, korni ... ... ".

Pipper svarede med et lystigt tril, og Hans Birk skænkede rigeligt med fuglefrø og noget friskt vand op til fuglen, hvorefter den begærligt satte næbet i herlighederne. Det skal retfærdigvis siges, at fuglen på ingen måde, hvad angår dens kropslige behov, havde lidt nød. Tværtimod var den på mange måder en afspejling af dens mester, hvad angik vægt og fylde, blot i en mindre komprimeret bulende udgave. Også gekkoen, i det andet bur, kunne her være med. Den havde også, gennem årene, fået sine ekstra rationer af kiks og sukkerknald, hvilket af to omgang havde nødvendigjort, udskiftninger til et større bur. Foran Hans Birk lå avisen, og forsidens overskrift hamrede ubarmhjertigt sine sorte bogstaver direkte op i ansigtet på ham: *Borgmester Jensens sidste dag i borgmesterstolen.* Under hovedartiklen stod der: *Plum tager over.* Hans Birk havde læst artiklen med borgmesterens afgang igennem.

Han huskede stadig tydeligt, hvordan de to havde lavet "a deal", som det så fint hed. Uden papir, uden at nogen nogensinde nogetsteds – forhåbentlig – ville eller kunne knalde dem, eller mere interessant, ham, for det. Det som borgmesteren var blevet fældet på, var først og fremmest de der lejligheder. Ha, tænkte Hans Birk, der var krystalsikker på, at det som de to havde udtænkt med henblik på at købe "Demokraten", det ville sikkert aldrig komme for dagen. Hvorfor skulle han afsløre det? Ligesom de andre små aftaler, som de havde nået på den ene time. Borgmesteren havde spurgt ind til Hans Birks militærkarriere, specielt i Afghanistan, og det blev anledningen til, at han herefter havde kunnet præsentere et par personer, der besad forskellige evner, der "i forskellige situationer" kunne blive særdeles nyttige, også for folk, der fik lidt snavs på sig, som Hans Birk så poetisk udtrykte det.

Den ene af dem var ekspert i at komme ind bag fjendens linjer, om nødvendigt leve i fremmed territorium i månedsvis, udpege sit offer og derefter gøre det fornødne. Helt diskret. Uden at efterlade sig antydningen af spor. Han kunne gå i ét med tapetet, om han ville, og efterhånden var hans navn blevet "Den tyste". Den anden, Nick, var af forsvaret blevet udvalgt til at stå i spidsen for ødelæggelsen af alle valmueplanter i det område, hvor danskerne var. Det var en næsten umulig opgave. Et sisyfos-projekt, hvor de politiske alternativer, andre afgrøder, aldrig var kommet i spil. Logikken var klar. Verdensmarkedet havde ikke brug for at blive oversvømmet med billige afgrøder fra et land, hvor en forholdsvis beskeden indsats kunne have genereret enorme mængder korn eller majs. Hvad forsvaret ikke vidste, var, at Nick nu, efter hjemsendelsen, stod i spidsen for nogle ganske andre personer med den ikke ubetydelige forskel, at landsdækkende køb og salg af opioider var blevet levebrødet. Allerede under Afghanistan-tiden, var denne soldaterkammerat blevet ekspert på alt, hvad dette potente marked handlede om, også, hvordan man kunne snøre sine overordnede med henblik på udryddelsen og hvordan netværket fungerede.

Kammeraten havde nævnt, at en minister havde fungeret som kurér, hvortil Hans Birks første reaktion havde været; "ah, du er da helt ude i hampen ... hø, hø ... , en minister ..., der leverer hamp ... . ", men kammeraten, Nick, havde blot sagt;

"du kan jo bare prøve at ringe til Oswald ... .!", og så havde Hans Birk ligesom ikke behøvet flere argumenter. Alle, i veteransoldaterkredse, vidste, hvem og hvad "Oswald" var og den integritet, der omgav ham. Den minister det drejede sig om, var forøvrigt også i samme parti, som ham, der for et stykke tid siden, havde besøgt byen. Men Hans´s nysgerrighed var alligevel blevet vakt;

"jamen, hvordan kan det lige lade sig gøre, hvad, helt ærlig ... ? En minister, hallo. Det er da for vildt!", havde han spurgt.

Nick havde betragtet ham med et isnende, afmålt og sigende sammenknebet ele-vatorblik, der kørte i lavest gear, og lavmælt svaret;

"Er du dum eller hvad? Ved du ikke, at når man sidder tilpas højt nok oppe i systemerne, så er der næsten ingen, der kan røre en, overhovedet. Er du med? Han rejser selvfølgelig med diplomatstatus, din idiot! Kan du ikke regne det ud. Eller er noget af hjernen, sammen med alt det andet, feset ud, dengang dit ene ben blev skudt af ... ?".

Hans Birk kunne stadig huske, hvordan denne sætning havde gjort ondt, forbi-stret ondt, men at det også var en del af den naturlige soldater- og militærjargon, man enten accpeterede eller også måtte lide under. En jargon, der de sidste 30 år havde vundet indpas i hele samfundet.

"Åh, hold kæft, din nar! Det er bare for absurd!", havde Hans afværgende skudt igen.

"Ja, nemlig, Hans", havde Nick svaret og tilføjet: "Og det er der så mange ting, der er ... "

"Viiiiirkeligheden", og Nick trak i sekunder på ordet, "Viiiiirkeligheden, den er langt, langt mere, hvad skal man sige, grum, uhyggelig og sort end nogen neger aner.

Bag ved det hele, der lurer det store skruppelløse spøgelse, som hedder ... . ". Nick blev ikke færdig med sætningen, før Hans Birk ivrigt forsøgte sig igen;

" ... du mener, ligesom her i byen, når nogen snyder i skat og sådan?", og så var samtalen eller den nyttige information fra Nicks hånd lige så stille gledet i sig selv. Senere havde Hans Birk fået mere at vide omkring "spøgelset", især da de to soldaterkammerater var blevet mere involverede i de usædvanlige formueforhold, der gjorde sig gældende for Hans Birk. Han havde haft behov for at betro sig til flere end præsten. Fra det tidspunkt blev tonen dem imellem mere ligeværdig, også efter at Hans Birk blev en del af gesjæftet og mistede den sidste del af påtaget naivitet. Han tænkte på, at da han havde kontaktet sin soldaterkammerater, Nick og "den tyste", fra Afghanistan, var de først blevet noget overrasket. Hans havde nok set *dem* mere som venner end omvendt, men da han fortalte om sine planer samt formueforhold, var stemningen hurtig vendt. Samstemmende havde de hver for sig sagt;

"det skal vi nok finde ud af, når det bliver nødvendigt. Bare betalingen er rigtig. Og det lader det til, at der ingen problemer er med ... ."

Hans Birk havde akkurat, i underdrevet stil, fortalt dem så meget omkring sine penge, at fremtidige leverandører af forskellige tjenester var stillet tilfreds, og at han selv fik en eller anden rolle, der kunne fylde livet med indhold. Nick havde sagt, at:

"Jeres by kan få så meget, som den aldrig vil kunne nå at forbruge, og vi skal nok sørge for sælgere, de der tynde røvjunkier ... ."

"Den tyste" supplerede med sin skærende, men samtidig mærkværdigt sprøde stemme:

" ... og du ved, hvad mit speciale er. No one will ever get the truth. Du siger bare til. No one will ever find out ... . ". Det sidste fik han nu ikke helt ret i, men utroligt som militæret var blevet levererinsdygtige i folk med specielle færdigheder. Hans havde været skarpskytte. Dem var der desværre ikke brug for i det civile samfund, undtagen, når han var på skydebanen sammen med alle de andre invaliderede krigsveteraner eller tilhørte de personer, der en gang hvert 10 år, højt sat, blev sat ind i fald af terror, og så lå spredt oppe på hustagene liggende på maven, iført sorte hætter istedet for hjelm. Det ville se godt ud med ham, siddende bag en tønde, i en khakifarvet kørestol, beklædt med sort skydesikker kevlarvest, sort hjelm med visir, der adskilte ham fra de andre, og en riffel med sigte. Han mærkede bitterheden give et surt opstød fra maven. Nå, men jeg vil skide på, hvad der rigtigt og forkert, sagde det et eller andet sted inde bag hans pandebrask. Dybest set er der heller ikke noget, der er det. Det handler bare om, hvorfra man betragter tingene. Det er bare et spørgsmål om overlevelse ... . – og sandhed – den er individuel. Således afstivet med moral, havde han kunne svare på borgmesterens spørgsmål, der havde lydt:

"Hvorfor fortæller du mig alt det, Hans?".

"Jo, borgmester. Når vi nu er igang med at tale business, så kan vi da lige så godt fort-sætte. Og, som du hørte, så er der jo mange, kendte såvel som ukendte, rige og magt-fulde og smukke og grimme mennesker, med i de tusindvis "små" nebengesjæfter, der findes og til stadighed etableres, også i vores ...", og et skævt, nærmest usynligt, smil og en lille pause understregede ironien, "... vores hyggelige lille by. Så, hvorfor ikke bare være en del af – os andre, der bidraget til hyggen og feststemningen? Når vi alligevel ikke kan gøre noget ved hashen, og selv de såkaldt "store" i samfundet så smukt hjælper til, og alle er vilde med at indtage det, og det får folk til at glemme så meget, så kan vi da ligeågodt få de bedste varer ik´. Det er ligesom Tuborg. Hvis man kan købe sådan en, så går man da ikke ned i Aldi efter den billige, vel?", havde Hans svaret på sin helt egen inciterende facon.

Han kunne få alt til at lyde så selvfølgeligt og så dagligdags og nærmest naturligt, og borgmesteren havde nikket og sagt; "tjae, det er jo egentlig også mig, der beder dig om en tjeneste. Og den enes hjælp og gunst er vel den andens værd ..., og, hvorfor skal folk da ikke bare have lov til at more sig, uhæmmet og især, hvis det ikke skader nogen? Der var jo også engang, hvor spiritus var forbudt i Amerika ... , og det ved alle jo i dag, var noget pjat, og det gavnede kun, nå ja, mafiaen ... . Hash er vel heller ikke så farligt, at det gør noget. De får jo fat i det alligevel, de vil jo have det stof, der dæmper virkelighedsopfattelsen ... , og når nu alligevel "de store" er aktører, så kan man vel ligeågodt bare lukke øjnene ... ."

På den måde havde Hans Birk sikret rustilgangen til byen, hvor han nu kunne levere "gode rene varer" via sin kontakt. I løbet af ganske få måneder havde byen forandret sig. Flere tyndt udseende personer, kvinder såvel som mænd, stod på gade-hjørner, tilsyneladende tilfældigt, men især de unge vidste nok, hvem, der stod der, og hvilke behov de kunne dække. Ofte indenfor fem minutter. Politiet gjorde ingen-ting. Borgmesteren, der havde de ugentlige breefinger med politiinspektørern hav-de bedt dem om, at sørge for flere hastighedskontroller samt fokus på cykeltyverier, også selvom det indebar, at andre opgaver blev nedprioriteret. Borgmesteren havde argumenteret med, at hvis ikke politiet kunne hjælpe i det små, hvordan skulle man så tro på, at de kunne magte over noget større. Derfor var det nødvendigt, at politiet prioriterede anderledes, også selvom det lød mærkværdigt. Folk savnede dem i dag-ligdagen, og hermed fik de jo en chance for at vise sig overfor den almindelige borger, der betalte for dem. Sådan blev der sørget for ordentlige salgsforhold, og politiet undgik i tilgift at få ubehagelige sager, der involverede for mange inklusive omfanget af såkaldt bedsteborgere.

Hans Birk betragtede sin undulat og gekko. De sad i bur. Det var der mange an-dre, foruden dem, der allerede sad der, der også burde. Han skænkede det ikke et øjeblik en tanke, at han selv, var førsteaspirant til en ferie bag lås og slå. Tværtimod.

Havde præsten ikke også sagt, at der var tilgivelse for alt. Den besked kunne han godt leve længe med, en slags syndstilladelse mente han eller ihvertfald et alibi for at gøre som han gjorde. Han kunne jo bare altid sende en bøn eller to op, måske endda sende en lille skærv til en hjælpeorganisation. Det måtte være nok, hvis han havde forstået budskabet ret.

Den "aftale", han havde lavet med borgmesteren førte også nogle nye vilkår til sit egentligt ganske indholdsløse liv. Der kom med ét mere spænding ind, og kontakten var blevet genoprettet med sine gamle soldaterkammerater, hvor de havde gensidig gavn af hinanden, og hvor Hans Birk stille og roligt blev en integreret, og senere ikke mindre frygtet del af en helt og igennem uigennemskuelig subkultur med de mest overraskende elementer. Nogle af byens unge var yderligere begyndt at observere, at hvor Hans Birk før bare kørte ned i bodegaen, sad han nu på torvet sammen med "KarseKnud", "FlæskeJens", og "Stikkeren". Den grønne Range Rover blev efterhånden også hyppigt set kørende både med en af de 3 personer fra torvet samt andre lignende typer. Den førstnævnte var ikke bare en person med sjovt klippet hår, den anden ej heller bare en tyksak, og den sidste slet ikke bare god til kortspil. De var hard-core rockere, bekendte af den tidligere militærmand, der skulle destruere alle hashplanter. Flere af byens borgere, specielt byens indvandrere, havde dårlige minder, hvad disse personer angik, og havde i deres indvandringsforening sendt et brev til byens politidirektør. Han havde blot svaret høfligt tilbage med; der er ingen grund til bekymring.

Gekkoen sagde en underlig rallende lyd ovre fra sig bur. Hans Birk talte til den med en attitude, der atter lå langt væk fra de bonede gulve eller hvad man kan forestille sig for en person med penge:

"Hvaså, dit gamle grønne svin. Skal du ha´lidt hash. Du bliver så sjov, når du får det. Værsgo.". Denne gang var det dog ikke hash, men en halvslasket doven agurk, den fik. I Gekkoburet var der fyldt med gammel indtørret lort. Det var længe siden, at der var blevet gjort rent. Det hørte ikke til hjemmehjælperens opgave. Hans lagde slet ikke mærke til al skidtet, men nøjedes med at grine, da gekkoen nappede agurkestykket ud af hånden.

"Nu ikke så grådig, du, ellers bliver jeg nødt til at grille dig ... langsomt ...", gnækkede Hans, og gekkoen sad som forstenet, som om, at den faktisk havde forstået det ildevarslende budskab bedre end han selv. Hans Birk slukkede for TV´et, og kiggede ud ad vinduet, hvor han faldt i staver. Han huskede, hvordan Nick havde spurgt ham, om han var 100% sikker på, at borgmesteren, så at sige, havde sørget for grønt lys til hash-markedet, hvorefter Hans Birk havde mærket suset af, nu at være blevet en faktor, man var nødt til at regne med. Her i byen samt i sin begyndende status i det kriminelle submiljø.

"Nick", havde han sagt i en selvsikker stil; "Jeg kan få borgmesteren til at spise af min håndflade ... – du ved, penge er magt. Og det har borgmesteren også fundet ud af!".

Mobilen ringede, og Hans Birk blev brudt i sin tilbageskuen. Han kunne se, at det var Maiken. Nå, Maiken kommer snart, så skal farmand på køretur igen. Vi kører hen til borgmesteren, nå nej, tidligere borgmester. Jeg kunne virkelig godt tænke mig, at se, hvordan han ser ud nu i hovedet. Og, hvad han tænker, også lige sikre mig at ... . Det var vigtigt for ham, at være *helt* sikker. Bent måtte ikke sladre, ellers ... . Det bankede på ruden. Det var Johnsen.

"Hvad f .... ". Hvad vil den stodder her, udbrød Hans, nærmest lydløst hviskende, for sig selv ... .

Arkivbestyrer Ruth Pedersen

Arkivbestyrer Ruth Pedersen stod og kiggede ned langs højre side i reol-gang 17. På den side var hele reolvæggen dækket af minutiøst præcist anbragte sorte box-kasser af karton, der stod i rækker som en anden militærbrigade. Kasserne havde stålkanter, så de kunne holde i hundrede år, selvom de sjældent blev trukket ud. Der var så megen viden i de kasser, så megen oplevelse, så megen information, hvoraf noget havde bedst af aldrig at se dagens lys. Ruth Pedersen vidste, at viden af og til ikke bare var et gode, selvom de levede i en tidsalder, hvor den af uvidende fantaster var gjort til gud. Men hun vidste, at viden ikke altid var lig med et gode. Rundt omkring i landet, lå der kasser med materiale, der havde bedst af deres sarkofag-status. Ruth Pedersen havde oplevet, at de sidste fem måneder havde været hektiske. Biblioteket var under ombygning, og alle ansatte havde arbejdet intenst med at holde styr på alle materialer. Det lød mere enkelt end det var, og noget var, selvfølgelig også, blevet væk. Det havde Ruth Pedersen fundet ud af ved et tilfældigt tjek af nogle arkivalier, arkiv 313, 389 og 414, hvor de i deres data-system kunne se, og havde nået at få registreret, hvad det indeholdt.

Det første arkiv hed "Foreningen til skadedyrsbekæmpelse, rottebekæmpelse og bortskaffelse af uønsket affald.". En noget særpræget titel, der dækkede over noget langt mere sofistikeret, som kun arkivbestyrer Ruth Pedersen kendte. Indtil for 5 år siden var disse arkiver blevet opbevaret i et specielt sikret rum, men var så overgået til almen adgang, dog med den begrænsning, at indholdet af arkiverne *kun* kunne ses under tilstedeværelse af en ansat, helst hende selv. Ruth Pedersen pillede ved låsen til papirkassen. Det var tydeligt, at den var blevet brudt op, hvad politiet også havde sagt, uden at kunne finde fingeraftryk eller andet, og låsen havde jo heller ikke kunnet yde særlig modstand. På siden stod der 313, arkivskabernavn og hvilken kommune. Betegnelsen Skadedyrsbekæmpelse m.m., havde dækket over frihedskæmperne, der under besættelsen, havde fået tilskud til – bekæmpelse af alt mulig andet end rotter samt ... bortskaffelse af "affald". Enhver kunne nu regne ud, hvad denne form for renovationsforståelse indebar. Og, at det var sket med – kommunalt tilskud. Men arkivet havde også indeholdt noget helt andet, nemlig optegnelser over alle de personer, der på den ene eller anden måde, mere end bare for sjov, havde været involveret i og med tyskerne. Efter besættelsesårene var arkivnavnet blevet bevaret, men afløst af 389, der yderligere gav oplysninger om formuer, der formodentlig var stjålet fra jøderne, og de danskere, der formodentlig havde deltaget i tyverierne, også bankindehavender.

Ingen havde, indtil nu, undersøgt, hvor disse store rigdomme var blevet af. Men papirerne, det havde Ruth Pedersen selv set, kunne give indikationer for, hvor de var blevet ført hen, hvilke personer og nulevende slægter det drejede sig om. Værdierne var guld, ædelstene for millioner samt malerier. Ruth Pedersen vidste, at det ikke kun var nazisterne, der havde opført sig uanstændigt. Mange danskere, for mange efter hendes mening, havde grund til at skamme sig. Også det, hvad man i dag kaldte hæderkronede virksomheder. Men Ruth Pedersen vidste godt, at de pågældende for længst var ude af stand til give lyd fra sig. Jøderne havde ikke gjort indsigelse, da de troede, og var blevet oplyst om, at det var nazisterne, der havde tømt deres huse og bankkonti samt andre steder med ejendom, hvor de troede, at deres værdier kunne have været i sikkerhed. Men sandheden var, at der var en større kreds af danskere, der havde udnyttet situationen, og – at myndighederne, i ren og skær jag efter at fremstå med rene hænder og få tingene til at se pæne ud, havde holdt denne version af besættelsesvirkeligheden skjult.

Mange af papirerne i arkiv 389 var også væk. Problemet bestod nu i, at ufordelagtige hemmeligheder kunne komme for dagen, hvor familier, afkom og slægter kunne få deres fortid og eftermæle godt og grundigt molestreret samt få inddraget uretmæssige besiddelser. Sandheden var, at der var enorme formuer og værdier, der under krigen ikke forsvandt, men skiftede ejere.

Det var ikke kun i tyske hjem, at der stadig hang dyr kunst fra jødiske familier eller i Schweiz, at bankerne gemte på hemmeligheder med enorme summer. Dette fænomen fandtes også i Danmark. Mange af oplysningerne indeholdt informationer, der helt kunne vende op og ned på forståelsen af besættelsenstiden og den version, som staten indtil videre havde fastholdt. For nogle kunne det endog blive tale om et magt- og afpresningsmiddel. I de forkerte hænder kunne det føre til skandaler. Selvom det var mange år siden, rigtig mange år siden, kunne folk få sig en ordentlig overraskelse, også selvom de nulevende jo ikke rigtigt kunne gøre for det ... . Men spørgsmålet om, hvordan visse folk og familier i landet var blevet så rige så hurtigt, og på hvis bekostning ..., det gjaldt vel stadig, eller? I Danmark var der aldrig blevet gjort op med, at entreprenører og andre ved deres arbejde for tyskerne havde røvet statskassen. Men nogle havde også fået betaling med røvet bytte fra jøderne i omsmeltet guld, diamanter eller andet. En del familier i denne by var faktisk blevet enormt rige på den baggrund. Det var blevet dysset ned, ja nærmest begravet i en jagt efter en dansk eventyr-fortælling.

Ruth Pedersen pillede sig i næsen. Det gjorde hun altid, når hun skulle gennemtænke en sag. Hvem mon havde nuppet de her farlige kilder? Hvem kunne have interesse i, at bruge dem?

De havde set alle overvågningsfilm igennem, og der havde været én, som havde siddet med arkivalierne. Ham havde de ikke kunnet finde, og hans id-kode havde ført ham igennem til arkivet, men derudover kunne han ikke findes igen. Mystisk, tænkte Pedersen. Jeg troede ellers, at systemet med ansigts- og persongenkendelse var 100% sikkert. Hvordan kunne han komme igennem, uden senere at blive genkendt. I politiets ansigtsgenkendelsessystem var og forblev han også ukendt, og man gisnede, om han – eller hun – havde haft en slags maske på. Heller ikke fingeraftryk eller dna-sporing hjalp. Hvad mon han vil med dem? Som en andet fantom kom han ind, undersøgte, tog og gik uset igen. Det foruroligende var, at Ruth Pedersen oplevede, at miste kontrollen. Kontrollen med, hvem og hvad og hvordan viden skulle bruges, den viden som hun som en anden høg vågede over. Om nogle få år skulle hun pensioneres, men indtil da, ville hun være garanten for, at ikke yderligere ubelejlige oplysninger slap ud. Hendes nidkærhed var berygtet, også hendes distræthed. Var det den, der havde spillet hende et puds, så at hun, så at sige, havde overset tyven af ren og skær ... , eller var det noget helt andet, begyndende demens ... ? Hun vidste det ikke, men skaden var sket, og de havde nu travlt med at prøve at minimere følgerne ved at kontakte de personer, hvem det måtte formodes at kunne berøre. Bare så de var forberedt.

De havde nemlig kopier af arkiverne, men de originale; de var væk. Måske var det dette faglige aspekt, der gjorde mest ondt på hende, for et eller andet sted var det vel også på plads, at sandheden kom frem. Ihvertfald den sandhed, som myndighederne i årevis havde lagt et tykt lag sukkerdrys på. De havde, ensidigt, fodret danskerne med en ganske anden virkelighed, der stod i skærende kontrast til, hvad hun, arkivar Pedersen, i en ganske tilfældig by i provinsen, vidste. Hun pillede sig igen i næsen, lukkede døren til arkivet, og begav sig ud til sin frokostpause.

En byld skal trykkes *helt* ud!

Dagene efter byrådesmødet havde været hårde ved Bent Jensen. Selvom det havde været aldeles befriende, at kunne fortælle sandheden var der dog et aberdabei. Han havde ikke fortalt alt til præsten. Det var jo trods alt også kun et par timer, det var blevet til. Faktisk manglede han at fortælle meget af, hvad han sådan gennem borgmesterårene, plus alt det løse før og efter, havde fået rodet sammen. Og det gav en masse dillemaer. Om aftenen havde han stadig vanskeligt ved at falde i søvn, men vidste, at undladelserne ikke var sket af ond vilje, slet ikke. Han havde blot fortrængt dem. En efter en. Fordi de gjorde så ondt. Fordi de involverede så mange mennesker. Fordi de havde så mange konsekvenser. Fordi det var så f....s kompliceret. Hvad skulle han dog gøre, og dette tema holdt ham vågen i mange, mange timer, hvor Martha så sødt sagde;

"jamen Bent, læg dig da bare ned at sove. Du kan jo ikke gøre noget ved det alligevel ... . Sket er sket! Nu skal vi altså sove. Godnat", og så slukkede hun lyset for tredje gang, og Bent lå vågen og kunne mærke sit hjerte slå, og han lå musestille, indtil han hørte Marthas stille snorken.

Tankerne gik i ring. Mon præsten kunne bruges igen? Skulle han også fortælle det andet? Og det tredje? Det fjerde? Det hele? Det ville da tage lang, lang tid. Og bagefter. Hvad så? Hvis det kom frem, det med Birk og hans tanker omkring "Demokraten", det med ... , han kunne næsten ikke holde ordene ud, hashen. Jamen, hvad er det da, at jeg har gjort, hvordan kunne jeg synke så dybt? Han mærkede hjertet slå et par slag hurtigere. Pyh, jeg må hellere en tur til lægen i næste uge, men hun kan jo ikke hjælpe med det andet jeg roder med, højst give en pille eller to.

Hvis han valgte at gå til endnu en bekendelse, en omgang to og tre, måske fire med en prikken hul på bylden ..., han rakte forsigtigt ud efter glasset med vand på natbordet, *så* ..., han lå længe og tænkte, *så* er der nogle virkeligheder, der bliver forandret, både i denne by, men især for mig selv. Facaden vil krakelere, hvis jeg udbreder kendskabet til de andre kriminelle forhold samt, at jeg, persoligt, har været involveret. Det vil ikke se kønt ud. Og hvad med Martha, hvad skal der blive af hende? Er der overhovedet nogen, som så mere ville have med dem at gøre? Vil de ikke miste alt foruden deres hjem? Forøvrigt var han også blevet kontaktet af nogle helt ubekendte folk, der havde smidt en konvolut i postkassen. Indholdet af brevet havde rystet ham, og givet ham yderligere dilemmaer. Hvis han valgte at sige noget om netop de forhold, så oplyste brevet umisforståeligt om tre ganske alvorlige forhold. Ét, at en likvidering kunne komme på tale og to, at det ikke nødvendigvis ville blive ham selv, måske bare en i anden i familien. "De" vidtste, at han havde 5 børnebørn. Bent tænkte med det samme på Birk, men vidste ikke rigtig, hvad han kunne gøre med denne viden. Det tredje forhold var, at "de" havde fundet oplysninger om hans familie, der kunne få ham til at fremstå i et helt uopretteligt dårligt lys, noget med, at de havde dækket over nazister, og at den ejendom han arvet, var betalt med jødepenge, altså tyvegods. Som "hjælp" til at forstå alvoren, havde de medsendt noget dokumentation, som de ikke ville være blege for at offentliggøre, også om noget familie, der var flygtet til Sydamerika, måske nogle af de værste danske nazister, som var blevet "glemt" af systemet.

Bornholmeruret slog ti slag, og han lod det slå færdigt, hvorefter han tænkte videre. "De" havde hentet og fundet snavs frem fra et eller andet arkiv. Og selvom han ikke havde nogensomhelst andel i forhistorie, ja så havde især de direkte trusler påvirket ham. Skulle han gå til politiet eller? Jo, ulykker kom sjældent alene. Nu havde han lige haft det så godt, fået talt ud, og så alligevel ikke helt, og brevet, føj, det gav ham kvalme. Han havde det som den bibelske Job, men bare helt uden venner. Job havde dog trods alt haft venner. Eller som cykelrytteren. Isoleret på bjerget, og nu i frit fald nedad efter sin tilståelse af doping. "De" havde prikket hul i et sår, der var på vej til at hele. Hvad skulle han gøre, tankerne myldrede i hovedet.

Han rejste sig op i sengen, og steg ud af den og gik ind i stuen, hvor han kiggede ud af vinduet. Mon der overhovedet var noget at gøre? Hvad var det rigtige her? Jeg har lige haft mit livs nedtur i byrådssalen, troede, at det var stoppet, og nu fortsætter det bare. Hvad er det for nogle umennesker, der ønsker, at jeg skal helt ned med nakken? Men på den anden side. Det er jo mig, der har gjort endnu flere forkerte ting. Der er sandelig en pris at betale, især, når man kommer i lommen på nogen. Hvordan kommer man ud af noget sådant? Klokken viste 01.30.

Han havde lyst til at ringe til præsten, men ... det kunne man ikke. Han var jo ikke døende, sådan rent fysisk, så ... . Sådan sad han foran skrivebordet med en flaske gin ved siden af, indtil det lysnede. Bornholmeruret slog syv slag, og han tog sin mobil og ringede til præsten:

"Ja, Godmorgen. Det er Bent. Jeg har det rigtig dårlig. Må jeg komme over til dig i løbet af formiddagen?"

Wilfred kunne godt høre, at det ikke stod helt godt til med Bent, hvorfor situationen ikke var til spøg og skæmt. "Ja, Bent. Du kommer, når du er klar. Jeg sidder her i formiddag, så du kan bare komme. Vi ses."

Bent trykkede på den røde knap som afslutning på samtalen. Det ville blive svært, men også en nødvendig samtale. Han ville aldrig mere komme til at fremstille sig selv som bedre end han var. Facaden var væltet.

Udenfor kunne han høre en bil køre ind af indkørslen. Der sad to personer i. Han satte sine briller ned fra panden, og kunne genkende de to. Den ene var Birk. Den anden Johnsen. De bevægede sig op mod trappen med Johnsen skubbende Birk og bagefter trækkende ham op ad trappen.

Bent kom dem i forkøbet med at ringe på ved at åbne døren for dem. "Hvad vil I", sagde han lettere wast og tilføjede overrasket: "På den her tid af morgenen?".

"Det kan vel være fucking ligemeget, hvornår. Vi vil lige sludre lidt med dig. Det tager ikke lang tid". Og således gik de indenfor, og Bent blev, under sludderen med de to, klar over, at det mere end nogensinde var nødvendigt for ham, at få talt med præsten. De to, repræsenterede noget, han havde brug for helt at få gjort op med. Så måtte det koste, hvad det ville. Han gav dem følgende salut ud af døren.

"I to, skal aldrig nogensinde mere vove at komme indenfor i dette hus. Jeg kan garantere jer for, at dette brev vil blive offentliggjort og, Hans Birk, selvom det koster mig enhver anseelse, ejendom, mine frimærker, slipsenåle, hvad ved jeg, og jeg kan se, I truer endog min familie, så er der noget, der koster langt mere end det, som ikke kan erhverves for penge. Og er noget, som I to aldrig, desværre aldrig, ser ud til at komme i nærheden af; hæderlighed og sandhed. Om I kalder mig skinhellig eller ej, jeg er ligeglad. Det her bliver offentliggjort. I skal ikke true mig. Forsvind. Nu!"

Martha var blevet vækket af sin mands ophøjede stemme.

"Hvad sker der?", spurgte hun halv søvnomtumlet. "Det er bare et par, mest mentale, småinvalide gangstere med absolut ingenting at komme med, der prøver at blæse sig op".

"Jamen, kender du da sådan nogen, Bent?". "Nej, ikke mere. Deres tid er forbi." Han smækkede døren i, og kunne mærke sit hjerte banke med en alt for hurtig faretruende takt.

"Martha, gider du lige hente nitroen, nu? Jeg tror, at hjertet driller. Hurtigt, tak.".

Martha gled ud efter pillerne, og Bent lagde dem under tungen og drak efterfølgende et glas vand.

"Hvad var det for en forestilling", ivrede Martha. "Vi tager den senere. Nu skal jeg lige sunde mig lidt, i bad, og så går turen over præsten. Du tager med. Det vil jeg gerne, ha´. Tak. Men lige nu har jeg brug for at være mig selv. Hvis du har kaffen klar om lidt, spiser vi morgenmad sammen."

Martha skulle lige til at gøre en indvending, men Bent lagde forsigtigt pegefingeren på sin mund, og smilede det smil, der sagde så meget, også at det hele nok skulle gå.

Ude i bilen sad Johnsen og Hans Birk og Johnsen startede bilen. Den satte i med et brøl, og hvinende dæk og kørte ned langs søvejen. Hans Birk brød tavsheden:

"Jeg tror ikke, at han tør. Hvis, jamen, så må "den tyste" jo på sagen."

"Hold op med det der, Hans! Du er ikke rigtig klog. Vi er på skideren. Der er nogle, der er på vej til helt at vælte muren. Kan du ikke se det. Din røv brænder. Vores røv. Alles røve. Han er ikke bange. Dét er problemet. Hvis han bare havde været det, så ...".

"Så skal vi sørge for at gøre ham bange ...", svarede Hans Birk.

"Nej, Hans. Det nytter ikke. Typer som ham. Når de først har sat sig noget i hovedet, så lader de sig ikke kyse med mindre du da vil starte en hel krig? Du er oppe imod helten, der er farligst, når han har mistet alt eller er på vej til det, især det, det betyder allermest for ham. Og det er ikke penge. Jeg så det i hans øjne. Men dit øje, Hans, det viser frygt. Du vil ikke kunne bruge en eventuel sejr til noget. Vi må køre hjem og overveje, hvordan vi slipper billigst muligt eller bare slipper væk. Jorden brænder. Vi må væk. Og det kan kun gå for langsomt!".

Præstens amen

Inde i Wilfreds stue lød der jazz-musik med Louis Armstrong ved trompeten. Han havde valgt "what a wonderfull world" på sin pc, og nu spillede musikken ud i rummet med nogle store bas-højtalere.

"Kan du ikke skrue lidt ned", råbte konen inde fra køkkenet. "Ellers så sætter jeg noget heavy-metal på, sort, sort, ultra sort death-metal fra The WORST Album ever made ... ."

Overfor et sådant kulturelt indspark, måtte selv guderne kæmpe forgæves, så Wilfred råbte tilbage: "Ja, det skal jeg nok, men lad mig lige høre nummeret færdigt", hvorefter han skruede den op på fuld styrke. En præst skal vel have det sidste ord, tænkte han. Nu skulle man tro, at dette var oplægget til en regulær 1812-ouverture i en skingermodernistisk udgave, hvor den ene kunne afløse den anden med hver deres musikbombardement, og hvor de sad i hver deres rum som et par kampberedte disk-jockeys. Sådan var det ikke. Wilfred skulle bare lige markere den mandighed, han på et kursus var blevet belært om, at skulle iføre sig, og konen spillede med. At der for udeforstående kunne ses spor af noget barnligt, bekymrede på ingen måde Wilfred. Det gav ham følelsen af, at have styringen, indtil ...

"Wilfred, når du er færdig med at høre Louis, så skal du lige gå ned til købmanden og hente noget fløde, tak!"

Det sidste "tak", var nu nok mere retningsangivende end blot en taknemmelighedsgestus, så Wilfred afklædte sig sine tøfler, og tog sine blå sportsko på, hvorefter han traskede over til købmanden.

Da han kom tilbage, var Bent og Martha ankommet. De sad i venterummet.

"Jamen, goddag med jer", hilste Wilfred på dem. "Kom med ind i stuen. Jeg skal lige have skoene af, og sat kaffen over. Vi har hele formiddagen, så, hvis I ikke har travlt, så kan vi bare tage den tid, det tager ...".

Wilfred satte kurs ind mod køkkenet, hvor Wilfreds kone, Lea, stod og allerede havde lavet kaffen, der nu var skænket op i en kaffekande.

"Jeg bad dem vente i venterummet", sagde hun. "Håber ikke, at det gør noget. De ser godt nok ikke helt ok ud, men det er jo også en hård tur, han er ude i, borgmesteren, nå nej, forhenværende borgmester.", det sidste sagt med eftertænksomhedens formildende tonefald. Wilfred gav hende en kram, og sagde:

"Ja, tak, skal du have. Jeg vil gerne ha´, at du er med til snakken. Jeg tror, at det vil gøre dem godt. Du ved, en mand, han øh, ...". Wilfred famlede uvant efter ordene, ... "han, øh ..., ja, hvad skal jeg sige ...".

"Jamen, så sig det dog, Wilfred!". "Jo", fortsatte Wilfred i samme vaklende spor ... "ja, han, øh, har ... øh brug for lidt støtte en gang, øh imellem ..."

Lea svarede: "Lidt støtte, siger du". "Åh, hold op, du ved godt, hvad jeg mener ...", kom det friskt fra Wilfred.

Konen så på ham med de mest uskyldige øjne: "Naaaej, Wilfred, når du siger "lidt" mener du så "meget" ... . ".

Wilfred overgav sig: "Ok da, jeg har brug for dig. Vil du hjælpe mig?"

"Ja, det vil jeg, Wilfred", kom det leende fra konen, men ikke så højt, at gæsterne i de tilstødende lokaler kunne få et indtryk af komedie.

Konen og Wilfred gik ind stuen med bakken, og satte kopperne og tallerkerne på bordet og skænkede kaffe op. Bagved Bent svirrede en mellemstor myg med den irriterende højfrekvente lyd, som kun en myg kan producere. Bziiiiirrr.

"Vent!", sagde Wilfred, jeg skal lige hente en avis. "Øjeblik!".

Han kom tilbage fra køkkenet med en "Demokrat" i hånden, og begyndte at vifte. Han havde læst, i et dameblad, der lå hos tandlægen, at de som regel kom ind i hjemmene, tiltrukket af sure tæer, men uagtet det, så skulle denne uindbudte gæst dø. SMACK, sagde det, og foran dem, lå nu et livløst fladt tilintetgjort irritationsmoment, og samtalen kunne begynde.

"Ja, pastor, så sidder jeg her igen. Og Martha også, som du kan se ... .", fik Bent som indledning hostet frem. "Det er jo ikke fordi, at jeg nu er blevet særlig from, eller, hvad skal jeg sige, ja, det er nok det, der problemet, jeg ved snart ikke, hvad det er, at jeg skal sige ...". Uret tikkede i baggrunden, og stilheden fyldte rummet. Den dimension kunne være uhyggelig, men her var det som om, at det bare var en del af det helt normale, nærmest som, at tiden gik helt i stå og skabte en tryghed og ro.

Wilfred betragtede Bent og derefter Martha. Hvor var mennesker dog forunderlige, ja selv der, hvor livet gjorde allermest ondt. Nu sad nogle af byens tidligere såkaldte spidser her, den ene ydmyget, den anden, ja, hvad med hende? Hun så lidt hærget ud, en dame på vej mod at ældes, ligesom hendes mand. Hvad mon hun tænkte? Det fik han hurtigt svar på.

"Jow, pastor, må jeg kalde dig Wilfred? Her til morgen skete der noget ganske uhyggeligt!".

"Hvad da", spurgte Wilfred.

"Jow, der kom to meget trælse personer ind i vores hjem, og jeg var ikke lige tilstede, men min mand, Bent, han tog imod dem, og jeg kom ud til dem, og så, var det hele bare rigtigt uhggeligt. Jeg kunnne høre Bent råbe, og de to andre, de ..... Og så sagde Bent noget om, at de ikke kunne true ham ..., og det er er så her vi er. Bent ønskede så, at jeg skulle tage med. Det hele er så forvirrende. Kan De forstå det, pastor?".

Wilfred var lidt uvant, bortset fra helt gamle damer, der fik den vane, at sige "De", med denne tiltaleform, og svarede: "Du kan godt stadig bare sige du. Men jeg kan godt høre, at det da var en voldsom oplevelse. Hvad skete der, Bent?".

Og så fortalte Bent om det, der havde ført til denne "samtale", om sine andre skæve forhold, om alt det, der ikke udviklede sig så rent og rigtigt og retfærdigt som præsten ønsker eller prædiker om i kirken. Om det beskidte liv bag magten og alle forholdene bag ved det hele, om, hvordan han syntes, at han havde svigtet sine idealer, som en kujon, men også fordi der var noget, nærmest uimodståelig, der trak nedad mod sumpen, selvom man gjorde alt for at det modsatte skulle ske. Til sidst gav man bare efter. Det var det nemmeste. Martha havde siddet og lyttet, og en stille tåre trillede ned ad kinden. Hun tørrede den væk, men Bent lagde mærke til den.

"Jeg forstår, hvis du ikke bare er træt af mig, men også, hvis du vil vælge mig fra. Jeg kan ikke fortænke dig i det, men vil gerne, at du i det mindste lige lader mig tale ud med præsten."

Hun sagde ingenting, og Lea skænkede mere kaffe op. Ét af de spørgsmål Bent stillede var; jeg har bekendt det første forhold. Pressen har kastet sig over mig. Hvordan mon det skal gå, hvis jeg også siger alt det andet? Er det ikke sådan noget, der driver nogle til ... . Mon nogen så overhovedet nogensinde ... igen ... ."

Han fuldførte ikke sætningen, men sank en klump i halsen. Wilfred lod ham sidde og tog en slurp af sin kaffe.

Wilfreds dag var begyndt, som så mange andre præsters, med, at han skulle forberede sin søndags-gudsstjeneste, og derfor havde han taget afsæt i et eventyr, nemlig Klods-Hans. Det havde fået ham til at spekulere over, hvad en helt egentlig er. Ligesom Klods-Hans, var Vorherre jo ikke lige at regne for en superhelt, netop mere en anti-helt, og det gav da nok stof til eftertanke, for, hvordan skulle man få formidlet ham og de indlysende kvaliteter, som dette betød, til det moderne menneske, der, på mange måder, mere var tiltrukket af krigsguder, sexguder, magt og materielle goder, hvor man blot behøvede at skifte "o"´et ud for at give den helt rigtige betegnelse. Overfor ham sad nu en menneske, en Klods-Hans, en, der havde jokket så godt og grundigt i spinaten, at alle fingre, uden undtagelse, var på vej til at pege på ham. En Klods-Hans, der tilsyneladende havde spildt alle gode kræfter. Var der håb for sådan en som ham? Klods-Hans fik prinsessen, det ved vi, men Bent? Wilfred rykkede lidt frem i lænestolen.

"Føler du dig som Klods-Hans, Bent?". "Nej, som det, der er meget værre!"
"Og, hvad er det?", fortsatte Wilfred. Bent svarede nærmest stakåndet:
"Som en, der ikke har lov til at være til mere!". Der blev meget stille i stuen, og
Wilfred vidste, at i de situationer, der var billige afledninger ikke velkomne, så han
tav indtil Bent fortsatte: "Men jeg ved godt, at det ikke er i orden, at gøre det over.
Hvad så med Martha og børnene, børnene og, ja og det er vel et eller andet sted lige-
meget, mit eftermæle. Ikke nok med, at han snød, han var også en kujon. Men, hvad
skal jeg gøre, pastor. Jeg er færdig!".

Wilfred kunne mærke tyngden, og spurgte om de ikke lige skulle ud at se hans
have. Det gav ham også lejlighed til at tænke, hvad han mon kunne hjælpe med.

Da de kom tilbage i stuen havde han tænkt over et svar: "Du så, at jeg dræbte en
myg. SMACK. Så var den færdig. Det havde den ikke tænkt på, da den fløj ind i mit
hus. Men dens blod. Det frelser ingen. Men Kristus, han frelser. Og er den dørmåtte,
hvor vi kan tørre vores skidt af i.

Problemet er, når vi tørrer skidtet af hos hinanden, istedet for på Kristus. Er det
ikke det, der er foregået her i byen, de seneste uger? År. Årtier. Århundreder. Altid
og allevegne, mennesker, der har skyld, skylder eller giver skyld til hinanden. I den-
ne by bor der mange forskellige mennekser i forskellige huse, fyldt med mange vidt
forskellige hemmeligheder. Selv ikke engang disse enøjede tingester, overvågnings-
kameraerne, kunne gøre ret meget ved denne tilstand. De kunne ikke trænge ind bag
facaderne, og slet ikke ind i tanken. "Hvert hus, sine hemmeligheder", sagde han højt,
og erindrede sin gåtur i går, der havde bragt ham forbi kolonihaven. Alle huse var
forskellige fra hinanden, og sagde noget om den person, der ejede dem. Nogle havde
sirligt anlagte græsplæner, hvor kanterne var klippet med en neglesaks, og hvor det
intet var at klandre. Andre lod bare gæsten møde en bunke jord med en havenisse
på toppen. Og det var så det. Nogle, kunne man se, havde investeret mange penge
i at renovere, så det lignede små minipalæer, hvor man forventede, måske endda
ønskede, at Amerikas, Rusland eller Kinas præsident kunne komme på besøg, hvad
øjeblik det skulle være, andre lod bare huset være et skur. Men alle havde brug for at
skabe sig en facade af en eller anden slags. Som beskyttelse, som image, som hobby.
Når den facade faldt var man nøgen. Ubeskyttet. Og det var sådan en situation, som
borgmesteren nu var havnet i.

"Du rammer helt plet, Wilfred. Det er sådan jeg føler", udbrød Bent.

"Ja, men der er mindst fire, og jeg tror også din kone er med, der gerne vil fort-
sætte med at være venner med dig!"

"Hvem da?", spurgte Bent forundret. "Jo, ser du, jeg, Lea, Martha og – Gud!". Det
sidste forhold kan jeg hjælpe dig med, men du må selv sige ja tak. Om det hedder i
fængslet, alene, her eller der, det er ligemeget. Men vi, den lille flok, den vil du fort-

sætte med at have. Og jeg synes, at vi to, dig og mig, vi ringer nu om lidt til Karl, Karl Nielsen, og så stiller jeg mig ved siden af dig. Mange vil synes, at det er mærkeligt, at en præst støtter dig. Men det er jo ikke det åndssvage du har gjort. Det er dig som person. Du skal ikke være, og får ikke lov til at være venneløs ... . Går du med her ind ved siden af?". Bent rejste sig op, og fulgte Wilfred, og de to fruer blev siddende stille i sofaen, indtil Martha sagde: "Ja, det er jo ikke så godt, det her, men tror du, at det alligevel kan ende lidt godt, eller ...?

"Ja, Martha, jeg tror, at det kan ende godt.".

Bent og Wilfred sad i kontoret. "Du Bent, jeg må også sige noget til dig. For et par dage siden fik jeg også et brev. "De", og vi kan jo godt begynde at regne ud, hvem de var, har også fundet snavs på mig.". Og så fik Bent fortællingen om, de ting, der ikke lå ikke 100 år tilbage, men var fra Wilfreds tid, før han blev det de så pænt i brevet kaldte "hellig". Han havde været på massageklinikker og involveret i forskellige slagsmål, drukket tæt igennem til utallige fester, stjålet et par biler eller flere, og så videre og lavet masser af rigtig dumme ungdommelige ting, før han fandt ud af, at ville være præst, hvor alle i hans daværende omgangskreds havde klappet sig på lårene af grin. Denne fortid havde de truet med at offentliggøre, så at sige stille de beskidte underbukser til skue. Men, det havde han talt igennem med sin hustru, og hun kendte udemærket hans fortid, og forøvrigt også hans underhylere, som i tidens løb var blevet erstattet af nogle mere smarte. Og. Han var ligeglad. – det skulle de, trods trusler ikke komme afsted med.

"Så skal vi ikke bare ringe til Nielsen, Bent?"

"Jo, lad os det, vi kan ligesågodt få det gjort, og bekende vore mange syndere ...". Det sidste blev nævnt med den galgenhumor, der var plads til. Således forenet i kampen mod det og de onde, ringede de op til Karl Nielsen. De ville offentliggøre de modtagne trusselsbreve samt stille op til en artikel omkring deres liv og levned, og ikke mindst offentliggøre de mørke hemmeligheder som de kendte til, at byen havde, det gjaldt først og fremmest Bent.

Karl Nielsen inviterede dem over til sig for at tale mere om deres anliggende, også, at det naturligvis var en særdeles alvorlig og endnu mere omfattende sag som borgmesteren tilsyneladende havde været involveret i, også en sag med ikke ubetydelige konsekvenser. Det ville give dønninger i den på mange måder mellemstore by, ja, og her trak Karl Nielsen på ordene, forplante sig videre i riget. Men de var fælles om målet; at spidde en pæl gennem øjet på det onde, så at det måtte få en ende. I det mindste omfanget af det. For en tid, indtil en ny byld voksede ud. Bylder voksede altid ud, og så måtte de trykkes ud. Således ankom Bent og Wilfred om eftermiddagen hos Karl Nielsen, hvor de sad i et par timer og drøftede tingene frem og tilbage. De ansatte der så ind ad vinduet til dem, og kunne se, at der blev gestikuleret og skrevet heftigt. Det var som at være vidne til en stumfilm, hvor de kunne kigge ind til chefen. På et sted, hvor ord betød alt, måtte de nøjes med mundaflæsning, men forstod til fulde sagens alvor.

Næste dag var overskriften på "Demokraten": *Afsløring af provinsmafia i ... .* Underoverskriften lød: *Trækker mange tråde ud til resten af samfundet og i toppen.. Nye afsløringer på vej.* Bent og Martha var efter besøget hos Karl Nielsen blevet kørt hjem af den ene journalist, Ebbe, der have forsøgt at interviewe ham.

"Ja, nu er der ikke så meget mere, at sige, vel," havde Bent stille sagt til ham, og journalisten havde svaret: "Jo, Bent. Jeg har respekt for især det sidste du har gjort. Det var vi mange, der kunne lære noget af. Gid flere havde det format, trods alt, til at gøre det du i dag har gjort. En ting er at fejle. En anden, at stå ved det, og så prøve at rette op. Farvel!"

Om formiddagen, næste dag, havde Bent så set artiklen med interviewet af ham og Wilfred. Det var som det skulle være. Nu måtte sagen, og processen, gå sin gang. Han havde valgt, at være ærlig. Det ville koste, men den anden pris, var langt værre at tænke på. Han følte igen den frihed, og for første gang også lethed, i hjertet, som da han første gang havde talt med præsten, der egenhændigt, af egen drift, havde opsøgt ham. Wilfred huskede det møde som en samtale med et menneske, der ønskede at komme tilbage til sine oprindelige idealer. Mødet i byrådssalen, hvor Wilfred havde været med på tilskuerrækkerne, havde bekræftet ham i denne holdning. Bent havde trådt frem med værdighed uden at tørre noget af på nogen eller noget. Når Bent havde opsøgt ham, var det jo nok fordi tvivlen altid fulgte i kølvandet på troen. Den håbede Wilfred nu var blevet en støttesten for ham. Ved deres første samtale i kælderen, havde Bent fortalt ham, hvordan der var fulgt talrige søvnløse nætter med, nætter, der havde været overfyldt med tonstunge berettigede anklager. I de stunder havde han kæmpet med, og svedt og lidt, ikke at kunne tilgive sig selv, uden at vide, hvor hjælpen på nogen måde skulle komme fra. Jo højere oppe man var i hierakierne, jo færre at tale med, men det gjaldt, på en eller anden måde, også den anden vej, havde Bent indset. Akkurat som i bunden af samfundet, var det i toppen: Viste man svaghed, blev man kanøflet, så da han først var filtret ind i edderkoppe-nettet, var det intet at gøre mere. Enten måtte man spille med eller også ... . Samtalen med Wilfred havde også beydet, at han nu ikke længere behøvede at kæmpe alene. Det havde i første omgang været nederlaget værd, politisk såvel som menneskeligt. Forløsende, var det ord Bent havde brugt, hvor han foruden at tilgive sig selv, også kom ind på, at her lå en af nøglerne til at tilgive andre og – få tilgivelse, men i hvilken rækkefølge det skulle ske i, ja det var vist ikke så enkelt at svare på, måske fandtes der ikke noget enkelt svar. Men det var altså det, som han efter byrådsmødet var kommet i tvivl om, også fordi der dukkede flere ting op fra de bortgemte minder.

Sådan går det, når der bliver prikket hul på bylden. Wilfred havde fået den største respekt for Bent, men var allerede ved det første møde klar over, at mange, nok de fleste, også pæne kirkegængere, ville foragte Bent for det. Foragte ham for ydmygheden, den sande forudsætning for at kunne agere så myndigt og klart, som han efterfølgende havde gjort ved byrådsmødet. Wilfred vidste, at ude i byen gik bysladderen sin normale gang, og diskussionen "skyldig versus ikke-skyldig", stod øverst på den lokale dagsorden i mange varianter. Alle, fra høj til lav, mentalt såvel som fysisk, var optagede af den skandale, der nu, artikel efter artikel, ville blive udstillet i avisen.

Dette var desværre ikke bare en myg, der var blevet til en elefant. Det viste sig nemlig, at flere end de to folketingspolitikere havde været involeret i "Kartellet", hvad Karl Nielsens dygtige journalister havde fundet ud af. De havde indicier på, at op mod 27 folketingspolitikere var involveret i noget alvorligt snavs, der indirekte hang sammen med alt det andet. En enkelt, indtil videre unavngiven kilde, oplyste endog om, at der var tre ministre iblandt dem. Men alt dette bekymrede ikke Bent. Han havde gjort en altafgørende erfaring; da det så allermest håbløst ud, var hjælpen kommet, dernede i kælderen, og det var på en anden måde end den kliché, der lød på dette vers; det skal først være mørkt og så ... . Hos Wilfred havde Bent fået noget, han ikke kunne få i politik. Det var denne hjælp, der var så afgørende anderledes. Det var denne hjælp, hvor muren var blevet brudt ned.

Epilog: ... Kyklopens verden

Som nævnt i prologen, havde kyklopperne svært ved at bedømme afstande. Når de kæmpede, og det gjorde de tit, så kunne de ikke få ram på hinanden. Det blev til den ene forbier efter den anden. Og sådan kunne de stå i timevis. Den ene ville sandelig ikke give sig for den anden. Næ nej da. Og så stod de og viftede med armene, ligesom når man forsøger at ramme en flue. I halve timer. Uden at ramme hinanden. Så derfor var de nødt til prøve noget nyt. Og her blev murene altså et holdepunkt i deres liv. Mure plejer jo ikke sådan at flytte sig, så det gav tryghed for den enøjede kyklop. Så jo større mure, jo bedre. Hvem kan fortænke kyklopen i, at den gik amok, når dens mure blev væltet? Muren var det samme for den, som en sut dyppet i økologisk honning, hverken mere eller mindre.

På mange måder var det nok en god ide med de her mure. Kyklopen havde en mani med at bøvse højt, når den havde spist et menneske. Den vaskede aldrig tæer, havde grimme tænder og lugtede fælt ud af munden. Ingen kan fortænke nogensomhelst i helst at ville betragte disse væsener på afstand. Nu blev det heller ikke meget bedre af, at de fleste kykloper var umanerligt overmodige. Det var ligesom, at deres størrelse var gået dem til hovedet. Fordi man var stor, mente kyklopen, at det i sig selv berettigede til, at man kunne opføre sig helt som man ville, og det handlede en stor af deres liv så om. Derfor kunne de også godt lide at bo i huler. Alene, selvfølgelig, ligesom kyklopen Polyfemos, som vi stiftede bekendsskab med i prologen og som for 2000 år siden, cirka, fangede Odysseus og hans mandskab og spærrede dem inde i sin hule sammen med sine får. Hvis Odysseus kunne, så var han selvfølgelig flygtet. De blev spærret inde med ét eneste formål. Som måltid til senere fortæring. Og når en kyklop gør det, og jeg skal spare læseren for detaljer, ser det ikke kønt ud, heller ikke når han bagefter bruger store grene som tandstikker, og renser alt det ind i mellem tænderne.

Arkiverne fortæller, at Polyfemos råbte ind i hulen med følgende ord: "Hvem er I?". Odysseus og han mænd fortalte, at de var helte og tilsammen havde lavet mindst 2345 heltegerninger, og inden dagen var omme, ville de have bedrevet endnu en. Det var Polyfemos helt og aldeles ligeglad med, og sagde, at helte, ja dem har vi da så mange af, hvad han jo i grunden også kan have ret i. Men inden to dage var gået, så var Odysseus og mandskab frie igen. De havde snydt kyklopen, drukket den fuld og kunne på den måde komme ud af hulen.

For den, der vil vide lidt flere detaljer, gik det sådan til: Odysseus vidste, at kykloper kun drak fåremælk, så han råbte ud til Polyfemos: "Hey Polyfemos, har du lyst til at prøve at smage noget helt andet end bare mælk, nemlig vin? Polyfemos syntes, at det lød vildt spændende, og det kunne den da godt tænke sig, men så skulle Odysseus også fortælle sit rigtige navn. "Jo, jo," sagde Odyseus, men du skal lige have en flaske til, og en til, og en til ... ...". Inden Polyfemos faldt om af svimmelhed, fortalte Odysseus, at han hed "Ingenting". Polyfemos svarede ham, at gaven var, at den ville spise "Ingenting' til sidst og så gryntede den højt og hånligt – ha, ha, ha, og faldt så i søvn. Odysseus og hans mænd kunne så lige præcis klemme sig ud af en sprække i hulen og huggede en rødglødende tilspidset pæl i Kyklopen øje. Den rejste sig med et brøl: "AAAAUUU", skreg den. "Ingenting har blændet mig, Ingenting, har blændet mig". Og det er klart, at når ingenting havde blændet Polyfemos, så kunne den jo heller ikke regne med, at de andre kyklopper kom til hjælp. Mens Polyfemos på den måde var travlt optaget af, at få trukket pælen ud af sit øje, så sneg Odysseus og hans mænd sig væk fra hulen og ud i friheden, hvor de fandt deres skib og sejlede væk fra øen.

Og mere behøver vi ikke at vide om dette sagn, at den lille nogle gange vinder over den største. At mure kan væltes, og at den, der gør det, nogle gange bliver en helt.

www.ingramcontent.com/pod-product-compliance
Lightning Source LLC
Chambersburg PA
CBHW020022030726
47499CB00007B/2235